讀小說
Reading Novel

這是花子獻給花子的、花物語

木爾チレン

瑞昇文化

——將這個故事獻給花子

Contents

序幕

prologue

花子打開長久以來不見天日的房間窗戶。

刺眼的陽光如倒水般一口氣潑灑進來，照亮了房間，空氣中的塵埃千絲萬縷地在空中浮游。

窗戶外頭，櫻花正在飛舞著。輕飄飄、向人們傳達戀愛美好的櫻花，最後一片又一片地吸附在地面上。

眼前的光景明明在象徵著數也數不清的生命走到終點，但誰也不這麼想。所有的人都認為落櫻繽紛的情景是一切的起始。

花子也這麼覺得。

想到接下來要發生的事，心跳就快得壓都壓不下來。

花瓣如雨，不斷地飄落在灑滿地面的奇蹟光輝之中。

而花子，也奮不顧身地衝進了那場花瓣雨裡。

✻第一話

在4.7吋的世界裡愛上你

有個人躲在夜色愈來愈深沉的房間裡。

花子已經不屬於這個世界。

此刻，花子活在手中這個只有巴掌大電子儀器（智慧型手機）的4.7吋螢幕裡，除此之外，只是個存放身體這副軀殼的空間。

因此花子此時此刻只剩下這台淡粉紅色的電子儀器，一如為地球捎來宇宙盡頭消息的探測器，這台粉紅色的電子儀器就是她的全世界。

——清醒的時候，花子總是這麼想著。

不過，花子有時候會覺得只顧著盯著機器是一件很可怕的事。

感覺一旦沉浸在小小的畫面裡，對於時間的概念就會慢慢消失。

一分鐘、一小時、一天、一年……就像流星劃過天際，稍縱即逝。

可是再回頭想想，花子的時間或許早在兩年前就已經停止了。

停在高中畢業典禮那天——從此以後，花子就一直把自己關在家裡。

兩年來，一步也沒有踏出去過。

儘管如此，她每天還是會照常洗澡，並沒有過著在保特瓶裡小便，然後再倒進院子裡那種不正常的生活。

但是因為不需要早起，生活也變得完全日夜顛倒，所以她心裡其實很清楚，打從鎖在房間裡，哪裡也去不了的那一刻開始，自己就已經淪落到人類的最底層了。

就連走路只要五分鐘的便利商店，對花子而言也遠在天邊，說那裡相當於北極也不為過。

光是想到可能會不小心遇到認識自己的人，花子就害怕得雙腿發軟，連鞋子都穿不上去。

剛開始過著足不出戶的生活時，她就曾經因為口渴，想要去自動販賣機買瓶汽水，結果一站到玄關處就昏倒了。

如此這般，光是想像要走到外面這件事，身體就會出現排斥反應。

有如受到詛咒的野獸被囚禁在城堡之中那樣，花子無法跨出自己家門一步。

「花子」——這個名字，或許就是一切厄運的根源也說不定。

花子這個名字，是父親為她取的。

但是因為從不曾一起生活過，花子對父親毫無記憶，就連父親的長相也不清楚。之所以這麼說，是因為花子的母親並未嫁給她的父親，他們沒辦法結婚。

父母年輕時都在京都的今出川就讀四年制的大學，母親從位於宮川町的姥姥家去上課，父親則是一個人勒緊褲帶住在鞍馬口的廉價公寓。

兩人相遇時，他們都只有二十歲，彼此有著許多共通點。

例如兩人不擅長交朋友、都來自東京、都熱愛閱讀。父親想成為一個小說家，母親則是在四条的書店打工。

從這些地方來看，這兩個人不墜入愛河才奇怪呢。交往的第二年，當父母皆升上大四時，母親便順勢搬去與父親同居，在那間廉價公寓裡，愛苗也不斷滋長，不久之後，母親就懷上了孩子——就是花子。

母親當時才二十一歲，正是花樣年華的時期，但她卻義無反顧地決定要把孩子生下來。

懷孕進入第六個月的寒假，兩人一起回到東京，要請求父母答應他們的婚事。

父親到母親的老家提親，卻遭到外公外婆氣急敗壞地強烈反對。他們認為怎麼可以還沒畢業就結婚，而且小說家這種不穩定的職業也無法帶給女兒和女兒肚子裡的孩子幸福。這些都成為了反對的理由。

但那只是表面上的理由罷了，外公和外婆大概是認為父親配不上他們的掌上明珠。

父親懇求外公外婆：「我不寫小說了，一畢業之後就會去工作，所以請答應我們的婚事。」但這次卻輪到母親拒絕了。因為母親喜歡父親所寫的故事，希望父親能繼續創作下去。

「請不要放棄你自己的故事。」母親說道。

當時父親剛拿下新人獎，正要跨出成為小說家的第一步，母親不願剝奪父親的夢想。

生下花子後，兩人也在大學畢業的同時分手了。

母親並未回到父母的身邊，而是留在京都，在姥姥家養育花子。

姥姥的家很老舊，是俗稱町屋的建築物，但是打理得很乾淨，除了夏天很熱、冬天太冷以外，沒什麼太大的問題。而且是自家人的房子，不用付房租，光是這點就足以讓這對單親家庭的母女兩人過著還算過得去的生活，真是謝天謝地。

「我年輕時也經歷過很多事啊」是姥姥的口頭禪。當了半生藝妓的姥姥相當和藹可親，對一切都瞭然於心。但是她在花子三歲的時候，因為感冒遲遲未癒去世了。

從此以後，花子便與母親相依為命。

父親與母親分開後的下落為何，花子也不知道。她甚至連父親的名字也沒聽過。雖然小時候也曾好奇得不得了，但即便小小年紀也察覺得出來這是個不該提起的禁忌話題，所以什麼也不敢問，就這麼長大成人。

因為從小聽著母親那一口標準的日文長大，花子沒染上京都腔。她也很喜歡母親溫柔婉約、字正腔圓的說話方式。

在二樓那間約有四坪大的空間，就是花子的房間。

房裡只有上了年紀的書桌、塞滿上千本小說及漫畫的書櫃、嵌入式的衣櫥以及姥姥留給她的那張老床。

她之所以能過上足不出戶的生活，主要都歸功於母親一直把這句話掛在嘴邊：

「媽媽認為，花子可以等到真正想出門的時候再出門就好了。而且媽媽是因為想生下花子才把你生下來的喔，所以花子如果想待在家裡就待著吧。更何況媽媽很怕寂寞，也很高興花子願意留在家裡陪我喔。」

在花子把自己關在家裡的一個月後，母親笑著說了這番話。

母親還是那麼溫柔，但這反而讓花子心如刀割，對於自己無法當個正常人而充滿了罪惡感。但花子已經不知該如何當一個正常的人了。

那件事的開端，發生在花子十歲的時候。

當時母親送給花子一件雪紡材質的紅色無袖洋裝。

「光是穿上漂亮的洋裝就能變成故事裡的主角。」

這是母親的主張，所以每年花子生日時，母親都會送她新的衣服，因此花子每次都很期待收到母親為她挑選、有助於提升氣質的優雅洋裝。

母親說得沒錯，穿上漂亮衣服的瞬間，自己就彷彿變成了故事的主角，內心也感到雀躍不已。那天花子太興奮了，沒換下紅色洋裝就這樣上床睡覺，第二天也直接穿去學校。

那就是一切的開端。

與生俱來的雪白肌膚、那頭模仿喜歡的漫畫女主角留到腰間的漆黑長髮、紅色的無袖洋裝，再加上「花子」這個名字，整個形象活脫脫就和被列為校園七大怪談的「廁所裡的花子小姐」一模一樣，在班上引起了大騷動。

在十歲的少年少女們之間，不用多久就產生了「花子＝花子小姐」的共識。

之後有好一陣子，花子光是開口說話，甚至光是她的存在本身就會引來一陣尖叫，成了那時候班上流行的惡作劇。

花子不明白到底發生了什麼事，只知道自己突然就變成了廁所裡的花子小姐。同學們的惡作劇來得快、去得也快，不到一個月就沒有人再起鬨了。

但是在花子心中，事情卻還沒結束。

即使大家都忘了這件事、即使有人對她說：「花子，一起回家吧。」她也不敢應聲。因為曾經感情那麼好的同學，在那段時間居然說變就變，這實在讓她難以置信。

從那個時候開始，花子變得極度沉默寡言。

一想到可能會換來高八度的尖叫，她就害怕得發不出聲音來。與其要落得這麼悲慘的下場，花子還寧願不要跟任何人打交道。

於是花子留長瀏海，遮住了眼睛，將整個世界隔絕在外。

那件紅色的洋裝也被收進了衣櫥之中，從此再也沒穿過。

花子再也不想變成故事裡的主角了。

母親或許也察覺到異狀，所以從花子小學畢業以後，就再也沒買過衣服給她。

從此，花子只選穿顏色暗淡的衣服。她一心想要變成影子。因為只要變成影子，無論被誰踐踏，都不會感到疼痛。

之後花子度過了國中生涯，又上了高中。

在這段期間，花子已經徹底變成了影子。

上課的時候，就連老師也不會點花子起來回答，想必是覺得她很陰沉吧。

但花子反而鬆了一口氣。因為是私立高中，老師們大概也很怕花子不來上課，會引發什麼問題吧。只要人有待在教室，考試成績不要低於平均分數，就算一句話都不說，也不會有人抱怨的。

只不過，隨著歲月流逝，花子也變得不太會講話了。這也難怪，畢竟她不管和誰都不會交談了。

旁人說的每一句話，在她聽來都像是在說自己的壞話。

雖然絕大多數情況都是她想太多了，但是對於一句話也不說、形同幽靈似的花子，說她壞話的同學其實也不在少數。

為了摀住耳朵，花子開始閱讀。因為只要專心看書，就能躲進書本的世界裡。

然而，無論看到再精彩的內容，花子依舊痛苦得彷彿心臟隨時都要停止跳動。
到了十七歲的時候，花子甚至不想再活下去了。
希望生命趕快走到盡頭、希望趕快死掉。
她一直如此向上蒼祈求著。

可是到了二十一歲的現在，花子已經不再這麼想了。
因為她在4.7吋的世界裡——談起了戀愛。

只有不時滴落的雨聲靜靜地迴盪在房間裡，花子正屏氣凝神地等待那個叫Ren的男生傳訊息給自己。
每次收到Ren傳來的訊息，花子那幾乎停止跳動的心臟都會重新活過來。
因為唯有在與Ren互傳訊息的時候，可以暫時忘記自己叫花子的事。

——一年前的三月三十一日。

在一款名為「flower story」的手機APP裡，花子≒Kako與Ren相遇了。Kako，就是花子在這款APP裡使用的暱稱。

在網路上使用虛構的名字是司空見慣的事，會以真名示人的用戶反而是少數，而Ren這個名字是不是真名也沒人知道。

flower story的內容主要是種花蒔草，再陳列在自己的商店裡販賣，藉此獲得遊戲中的虛擬貨幣，這些貨幣可以購買商店的室內擺飾、人物身上穿的衣服配件。是個很單純的遊戲，但是打從一年前開始卻流行得紅紅火火。

花子還記得遊戲上架時，幾乎每天都可以看到搭配了「這是只屬於你的故事！」這句廣宣文案的電視廣告，因此花子也像是被洗腦似地下載了。而且她也很喜歡flower story這個名稱。

花子平常都埋首於書本之中，不太玩手機遊戲。真要玩，想必也不會玩得太好。所以一開始只是抱著湊熱鬧，或者單純打發時間的心態去接觸的。

可是當她回過神來，已經無法自拔了，一有空閒就會沉浸在遊戲之中。

基本上只要種花、摘花即可，即使不太會玩遊戲也沒關係，還能隨心所欲地組合配件，塑造成理想中的人物來代表自己，讓人物穿上買來的衣服也很有趣。倘若是在虛擬的世界裡，不管穿上什麼樣的衣服都不會惹人非議。

而且花子在遊戲裡並不是**花子**。

而是 **Kako**。

只是有個地方比較麻煩，那就是這款遊戲設計得不太親切。要是沒有朋友，就得不到稀有的道具。花子有一些無論如何都想得到的衣服，但是唯有收到朋友送的奇花異草，並加以培育，才能換取那些道具。

問題是花子根本不敢向不認識的人送出交友申請。而且一想到可能會被拒絕，她就無法按下送出鍵。

Ren 〉你好，請和我交朋友。

收到這則訊息時，就是在那個時候。

對花子而言，這個機率應該相當於剛下的第一滴雨正好滴落在自己的額頭上，但是這個叫 Ren 的人大概只是為了交朋友、蒐集道具，才不得不發訊息給許多不認識的人。

因為那則訊息完全是樣板文章。
但即使是這樣，也依舊緊緊地揪住了花子的心臟。
平常不玩遊戲的花子，根本不曉得那是互動用的樣板文章。
花子立刻按下接受交友申請的按鈕，回覆訊息。

Kako 〉你好。我還以為沒有人要跟我交朋友。
　　　所以非常感謝你傳訊息給我。

回信後，花子的心情異樣澎湃。
兩分鐘後，耳邊傳來通知的鈴聲。
之所以會知道那是來自對方的回覆，是因為花子的手機從未在三更半夜響起過。

Ren 〉謝謝你願意和我做朋友。Kako 你好，請多多指教。

點開訊息視窗的瞬間，花子的心臟彷彿被開了一槍，撲通撲通地跳得飛快。

因為，這可是第一次。

這是她第一次收到這樣的回信。

極力避免與別人扯上關係的花子，從未收到過母親以外的人傳給她的訊息。

花子全身發抖，骨架幾乎像是要散開一樣。

為了讓心情平復下來，花子打開了星象儀，在天花板投影出滿天星斗。

這台家庭用的小型投影機是母親送給她的生日禮物。肯定是為了無法外出的花子才選了這個禮物。花子躺在床上深呼吸，凝望著緩慢旋轉的虛假星空。

倘若此時、此地真的是在夜空之下——花子想要朝向宇宙大喊。

在幻想中，她正從高樓大廈的屋頂上，注視著街道上閃閃發亮的萬家燈火。

每一盞燈火都代表一戶人家，而每個人也都在某一盞燈光下生活、呼吸、談戀愛。

燈火闌珊處，有多少人跟花子一樣，把自己禁錮在家裡不出門呢？

而在那之中最後跨出大門的人——又都去見識了這個世界上的什麼東西呢？

他們背負著深深的傷痕前行，到底期盼能看見些什麼？

在花子腦海中浮現出來的，是櫻花。

接著她開始在虛假的星空下回信。

Kako 〉不客氣，我才要謝謝你。Ren 的花店很漂亮。
有很多沒看過的奇花異草。

Ren 〉真的嗎？我是個每天都閒著沒事，只會玩手機的廢物星人。
Kako 的人物也很漂亮。

Kako 〉別這麼說，我也是個廢物星人。
為了幫人物穿上可愛的衣服，今天一直拚命地照顧鬱金香。

Ren 〉那我們同是天涯淪落人，今後也請多多指教。（笑）

那天晚上，手機叮鈴鈴地響個不停，過去這台孤獨的機器只接收過寄給所有使用者的罐頭情報，但那天晚上卻收到了指定傳給花子的訊息。

每次通知的鈴聲響起，花子都無法不沉醉在活著的感受裡。不是電腦，而是某個活生生的人在對自己說話，這種感覺彷彿做了一場夢。

Ren 〉可以請教你一個問題嗎？Kako 你幾歲？

Kako 〉我二十歲。

Kako 〉**Ren** 呢？

Ren 〉我二十四歲。二十歲的話，是大學生嗎？

可是在即將迎接晨曦的時刻，**Ren** 拋出的這個問題將花子拉回了現實。

兩年前的畢業典禮情景不由分說地在腦海裡重現。

花子本來打算成為大學生的。想去讀那間必須減少睡眠時間來拼命學習，才終於考上的大學。可是，最後她沒有去成。

花子很猶豫，不知道該不該說實話。

就算說謊，大概也不會穿幫吧。

如果向對方透露自己其實是繭居族這種負面消息，對方或許就不會再回覆。

而且只要說謊，或許就能變成不是自己的另一個女孩——**Kako** 也說不定。

Kako 〉發生過一些不開心的事，所以我高中畢業以後就再也沒有踏出過家門。
　真的是廢到太超過的廢物星人了，嚇到你了吧？

儘管如此，花子依舊無法說謊。

因為 Ren 是個**素昧平生的人**。

然而花子馬上就後悔自己做了這個選擇。

因為在這之前，幾乎每隔十分鐘就能收到對方回傳的訊息，至此卻突然中斷了。

仔細想想，這也是再自然不過的事。再怎樣也不可能從繭居族這種情報聯想到可愛的女孩子，對方腦海中肯定只會浮現陰沉又憂鬱的形象。

Ren 沒有再傳來回覆，花子又再次孤零零地被放逐在黑夜裡。

話是這麼說，但其實她一直——一直待在黑夜裡。

花子彷彿被什麼東西附身般，開始在星象儀投射的光線下操作手機。

她點開推特，沒完沒了地瀏覽素昧平生的人寫給不特定多數人看的留言。雖然花子有帳號，但從未主動發表過任何意見。她總是面無表情地看著別人說話。即使了解時下的流行，但是對大門不出、二門不邁的花子根本沒有任何意義。

不管是看都沒看過的明星過世了，還是知名偶像團體的誰誰誰退出演藝圈，她都不會感到傷心。那些事情對花子而言，就只是訊息而已。

可是為什麼，她還是每天都想知道這個世界發生了什麼事呢。

花子在搞不懂自己的情況下，繼續吸收著世間最新的資訊。

直到不自覺地闔上了眼皮。

大概是因為睡得很不安穩，花子做了一場夢。

夢中的自己正在爬樓梯，長長的樓梯彷彿永無止盡，但她還是一直一直往上爬，直到樓梯的盡頭逐漸映入眼簾。

沒問題，一定能見到面的……

——夢裡的花子心中如此想著。但自己明明就不知道到底是要去見誰。

過了幾個小時，收到訊息的手機鈴聲又喚醒了花子。

天已經亮了，房裡不再一片漆黑。

始終握在掌心裡不放的手機，又收到了三條訊息。

Ren〉我沒有嚇到喔。

Ren〉我也是從大學畢業以後，一直找不到適合的工作，二十四歲還在打零工，廢到連我自己都討厭自己。我不清楚你發生了什麼事，但我認為你的人生才正要開始。

Ren〉話說回來，我們年紀差不多呢，可以不要用敬語嗎？（笑）

看完回信，花子覺得自己又活了過來，有如枯萎凋零的花瓣瞬間恢復了生氣。

她在深呼吸之後，將手機擁入懷中，仰望著房裡的天花板。曾幾何時，星象儀投射的星空已經從冬天轉變成春天了。

*

在那之後又過了一年，時間來到了今天。

花子與 Ren 幾乎每天都會通信。

每一次手機螢幕出現 Ren 的名字、每一次交談，都讓花子更喜歡 Ren 一點。在這時間靜止的房間裡，Ren 的回信是唯一的真實，掌握著花子的生命線。

Ren 〉Kako 早安，我今天也要打工，櫻花盛開了喔。

Ren 在便利商店上大夜班，每天會傳兩次訊息給花子，分別是夜幕開始籠罩大地的時段和下班的破曉時分。

即使時間是晚上，Ren 也會向自己道早安。花子很喜歡他這一點。想當然耳，Ren 也是用「Kako」來稱呼花子。

每當 Ren 喊自己 Kako 的時候，花子就不再是花子，而是 Kako 了。她甚至有種自己生來就叫 Kako 這個名字的錯覺。

Kako 〉路上小心。每天都要出門工作，真了不起。

Kako 〉這麼說來，從我窗戶看出去的那棵櫻花樹也在昨天盛開了，已經是春天了呢。

按下傳送鍵，花子怔忡地回想。

回想昨晚的事——花子原本在看一部由少女漫畫改編的電影，不知不覺就睡著了。

不知是否受到電影的影響，花子夢見自己和素昧平生的男子在飛舞著花瓣的街上約會。

對花子而言，那是比做夢更遙不可及的夢想。

所以今天早上醒來的時候，花子內心充滿了空虛的感覺。已經很久沒剪的頭髮亂糟糟地遮蔽了視線，世界顯得一片黑暗。

花子下床，拉開窗簾，讓身體沐浴在陽光下，如同植物需要行光合作用那樣。

就在那個瞬間，花子愣了一下，以為自己還在做夢。

因為在上次拉開窗簾時，世界還籠罩在寒冬裡，然而此時此刻，呈現在花子眼前的，卻是一片美麗耀眼的春天景致。

不知道是在什麼時候盛放的呢？只見滿樹的櫻花熠熠生輝。

生命尤其短暫的粉紅色花瓣，在花子渾濁的視野內輕飄飄地墜落。

花子凝視著花瓣，心不在焉地任想像力馳騁。

想像著一條在櫻花雨紛飛的路上，和 Ren 肩並肩走著的自己。

但花子什麼都不知道。

不知道 Ren 的長相，也不知道 Ren 說話的聲音、微笑的嘴角弧度。

只知道 Ren 今年二十四歲，住在東京，大學畢業後找工作不順利，目前在便利商店打工。

只知道 Ren 喜歡打遊戲，偶爾看漫畫，但幾乎不看小說，喜歡的電影是《夏日大作戰》。

就只有這樣而已。

更何況，花子與 Ren 相遇的地點既是現實，但也不是現實。

那是個只消一秒就能抹去的虛擬（APP）世界。

可是對花子而言，毋寧說那邊才是現實世界。

自從愛上 Ren 以後，花子就在那個世界落地生根了。

*

時間又是深夜。

花子看著Ren的個人簡介頁面，在暱稱底下的Birthday那一行，記載他的生日是四月一日，而現在手機上方顯示的時間，是三月三十一日二十三點三十分。

也就是說，再過三十分鐘就是Ren的生日。

如果可以的話，真想送禮物給他，但自己連去買個東西都做不到。更重要的是，花子也不知道Ren的本名和地址，而且向人詢問這些問題是違反互動禮儀的。

因此花子心想，至少要在零點整的時候傳個訊息給Ren。

打從昨晚開始，花子就很認真地在思考著該寫些什麼──她一直很嚮往能在心上人生日時傳祝賀的訊息給對方。

那個只在電視上看過的東京。那個父母親曾生活過的東京。

花子想像在那個人山人海、車水馬龍的城市的某個角落，Ren正在那裡生活著的模樣，寫下了以下的文字。

Kako〉Ren，祝你生日快樂。

Kako 〉感謝你誕生到這個世界上。
Kako 〉感謝你與我相遇。

掐準零點，按下傳送鍵的瞬間，文字變成了信號，不到一秒鐘就跨越京都到東京之間約五百公里的距離，重新變回文字，呈現在對方的眼前。

只要有這麼一台小小的電子儀器，就連花子這種把自己關在家裡的米蟲也能將想說的話傳送到任何地方。要是能在推特寫下深入人心的文字，甚至還有可能被幾十萬人看到。

雖然並不期待能被幾十萬人看到，但至少對於現在的花子而言，網路的世界是她唯一可以安身立命的地方。

花子有時候會感到不可思議，自己居然能擁有這樣的世界。因為花子明明沒踏出房間一步，卻談起戀愛來了。已經好幾年沒發出過聲音，花子連話都說不好。但如果是文字，就能有如構築小說裡的台詞般表達出自己的心情。

只不過，花子雖然寫說「感謝你與我相遇」，但是看在 Ren 眼中，或許不是這麼回事，因為 Ren 和花子在現實生活中依舊是兩個陌生人。

可是對花子而言，有 Ren 存在的螢幕裡才是現實，所以花子認為相遇這個字眼並沒有用錯。

訊息立刻變成已讀。Ren 現在正在打工，應該沒空看手機才對，所以或許只是碰巧罷了。

但是一看到已讀的符號，花子的心臟立刻跳得好大聲。

每次花子的手機在黑夜裡響起，百分之百都是收到 Ren 傳來的訊息。

花子的心跳快得彷彿才剛呱呱墜地的初生嬰兒。光是收到 Ren 傳來的訊息，花子的心情便充滿喜悅，宛如盛開的櫻花。

Ren 〉我也要感謝你。

Ren 〉還有……請恕我冒昧，我想見你一面。

Ren 〉方便的話，我可以在 Kako 有空的時候去京都找你嗎？

Ren 回傳的訊息令花子頓時無法呼吸。

她的臉部僵硬，手指顫抖。

過去與 Ren 交談過的對話分崩離析，支離破碎地從緊握在手中的 4.7 吋手機螢幕裡散落。明明開著燈，眼前卻是一片黑暗。

令人不快的呢喃低語迴盪在耳邊，有人刻意壓低音量竊竊私語、有人正在說著別人的壞話，這些聲音都和悲鳴混在一起。那一天的記憶在眼前歷歷重現，鮮明得一如昨天才發生。

討厭，好可怕。

我不想受傷。

我明明已經決定不再喜歡上任何人了。

因為戀愛根本就不美好。

愛情只會讓人心痛。

我明明——早就體會過那種痛徹心扉的感受了。

因為一直開著 APP 的關係，手機漸漸變得微熱。花子的手緊緊握住了手機，失去了意識。

第二話

深夜裡

冷不防在前往打工途中的下坡路段停下腳步。

目光被燈光照耀著的滿樹櫻花上翩然飄落的花瓣所吸引。

反射性地用手掌輕輕接住彷彿被施了魔法的燈光照亮、飄落至眼前的花瓣。花瓣呈現漂亮的心形，活像在調侃人似地，我不禁嘆息。

其實也沒有特別不順心的事，只是不知道從什麼時候開始，除了嘆氣以外，我變得無法在這個每個人都活得異常充實的世界裡正常呼吸。

每天只是為了活下去，所以不得不吃點東西，其餘時間都在打電動，到了晚上就去打工。在這種毫無生產力的日常生活裡，除了憂鬱以外，什麼都感受不到，只能在深夜裡苟延殘喘。

我懷抱著無計可消除的憂鬱，走進了打工的便利商店。進門時響起的熱鬧音樂，對我來說只是一種不協調音。

深夜的便利商店充滿了喪家犬的氣味，不管是上門的客人，還是店裡的氣氛，全都死氣沉沉。但是仔細想想，我也屬於其中的一部分。

晚上十點，我在後場換上制服，檢查過髒兮兮的業務聯絡簿後，走進了收銀櫃台。

「早安。」

明明已經是晚上了，卻不說晚安。不管幾點，打招呼的時候永遠都是「早安」這兩個字。剛開始上班的時候還覺得有點蠢，但工作兩年後，不知不覺間已經變得理所當然了。

「雨下先生，早安。」

有點像動畫人物的嗓音就這樣穿進耳膜。

我與名叫蒼森的女高中生換班。蒼森染了一頭過於明亮的髮色，甚至會讓人擔心這樣不會違反校規嗎。

長相還算可愛，但是臉上的妝和身上的衣服都太有個性了。雙眼皮的大眼睛貼著濃密纖長的假睫毛不說，我還不曾見她穿過一般女生會穿的衣服。

店裡只規定上半身必須穿著制服，其他部分想怎麼穿則是個人自由，所以蒼森今天也在鑲滿金蔥線、左右不對稱的迷你裙底下穿著粉蠟筆色的褲襪和草莓圖案的厚底球鞋。我是到最近才知道這種打扮被稱為原宿風。

一年前，蒼森剛來打工的時候，明明是課業繁重的高中生，班表卻排得密密麻痲，跟我這種自由業沒兩樣。問了原因之後，她這麼回答：

「我是為了打扮而活著，只要能穿上自己喜歡的衣服，即使走在什麼也沒有的馬路上也很開心不是嗎？感覺我就是這個世界的女主角。所以我希望不必擔心價錢，能夠把自己覺得可愛的衣服都買來穿上。」

蒼森神采奕奕地說著。那對大到不像人類的黑眼球閃閃發光，大概是彩色隱形眼鏡的效果。

我不知道她那些奇形怪狀的衣服算不算可愛，但是的確很適合她那洋娃娃般的長相，有些客人甚至會衝著她跑來光顧。

長相可愛、個性開朗、充滿自信，在學校裡肯定是個風雲人物吧。

「話說雨下先生，你高三的時候已經決定將來想做什麼了嗎？」

前腳才剛踏進櫃台，蒼森就沒頭沒腦地問我。

「咦……怎麼這麼問？」

瞧她問得天真無邪，想必沒有惡意。我擠出笑容反問。

「學校今天發了升學意願調查表，大家都煩惱得要死，我反而覺得有點莫名其妙。」

「哦……肯定無法一下子就做出決定吧。」

我邊回答邊想，就算是現在，我也回答不出自己究竟想做些什麼，不禁討厭起這樣的自己。

「蒼森你寫了什麼？」

「我寫說我打算去念服裝設計的專門學校。擁有自己的服飾品牌是我從小到大的夢想。」

蒼森直勾勾地看著我，回答得很乾脆，看起來實在太耀眼了。

「這樣啊，你真的很喜歡打扮呢。」

「與其說是喜歡，更像是我的人生意義。我的下班時間到了，後面就麻煩你了！」

蒼森精神抖擻地向我道別，邊脫制服邊走進後場。

每次和她說話都會令我有點疲憊。大概是因為接觸到青春的光芒，讓人深刻感受到自己是如何地虛度歲月。

沒有夢想，也沒有熱愛到奮不顧身去追求的事物，年紀來到二十四歲都還沒有固定工作的自己，像這樣活著到底是為了什麼？

就連活著本身都毫無意義。這具空洞的身體頂多只能生產出令人氣餒的嘆息和無用的排泄物罷了，除此之外根本沒有任何用處。

從櫃台隔著玻璃可以看見外面紫色的光線，我出神地盯著紫光下一隻死去的蟲子。

感覺在不久之前，我還跟蒼森一樣，是個十七歲的少年，但是身上還穿著學生制服的階段，已經是七年前的事了，中間這段漫長的歲月是在什麼時候消逝的呢？

還穿著制服的時候，總覺得第一堂課到放學之間的時間彷彿永無止盡。

每天都祈禱時間過得快一點，好想趕快放學回家，窩在冷氣房裡邊吃洋芋片邊玩昨天玩到一半的電玩遊戲。

流經教室窗外的景色慢得像是以慢動作播放的電影，無聊的上課時間好像永遠都不會結束。映入眼簾的雲朵，象徵著無拘無束的自由。如今卻唯有自己的人生像是被人按下快轉鍵，時間飛快地流逝，快到令人感到恐懼。

學生時代曾經無憑無據地以為自己無所不能。

或許是認為人生就像遊戲一樣，上天已經準備好未來的劇本。只可惜人生可是困難模式，而且還不能按下一個開關就重新來過。

如今我只能重複著一如往常的單純作業過程，度過大同小異的每一天。

在我為客人結帳的同時，蒼森穿回粉蠟筆色的衣服離開了，店內換上另一個大夜班的員工。這家店規定由男生值夜班。

「井浦先生，早安。」

我笑著打招呼。我已經養成和別人說話時一定要面帶笑容的習慣，否則就會不安。

「早。」

井浦先生沉默寡言，個性有點陰沉，彷彿已經看開一切。他的長相並不難看，但頭髮亂七八糟，像是放任其亂長、根本沒有在梳理。身材瘦得有點不太健康，雖然沒有到發出臭味的地步，但感覺也稱不上清爽。

和他一起在深夜裡工作了兩年，我對他仍然一無所知。只知道井浦先生今年四十三歲，從十年前開始就在這家店工作了。

如果繼續在這裡工作下去，我遲早有一天也會變成他那樣吧。還是說，其實我已經變成那樣了？每次站在店裡的日光燈下，都覺得自己正在腐爛，感覺怵目驚心。

大學畢業後，因為時薪還不錯，我開始在便利商店上大夜班。**朋友**當中只有我沒拿到正職工作。

已經數不清到底收到過多少封「祝你好運」的電子郵件了。

每當在螢幕裡看到那些祝福的字眼，都等於是在告訴我，自己是金玉其外、敗絮其內的透明人。

或許我真的一點企圖心也沒有，只想趕快消失。

「歡迎光臨。」

內心空虛，但動作不能停下來。我盡可能避開客人的視線，但其實也沒必要對上視線。這份工作只需要讀取客人放在桌上的商品條碼，再裝進袋子裡就好，是人都辦得到。

我用機器讀取客人放在桌上的一個便利商店便當和一瓶罐裝啤酒的條碼。

「一共八百七十五圓。」

「好的……。咦，這不是蓮嗎！你在這裡做什麼？」

是我高中時代的**朋友**。臉還記得，但名字就想不起來。或許是對方穿著西裝的緣故，明明是同學，給人的感覺卻老了好多。

「呃……我在打工。」

「正職呢？」

現實總是不先知會一聲就猛踩傷心人的痛腳。

「呃，我原本在公司上班，上個月辭職了，現在是過渡期。」

我下意識地撒謊，而且是很無聊的謊言。

「這樣啊，現在有很多黑心企業呢，改天再一起喝酒吧！」

這句話是遇到泛泛之交的罐頭回應。

「好啊，謝啦。」

我心知肚明，但也努力堆出笑臉，揮手道別。心臟從剛才開始就撲通撲通狂跳，還被對方不經意的一字一句千刀萬剮。

唉……這大概就是黑夜裡的最深處。

頂著人工的燈光，有如被放逐到宇宙盡頭，令人喘不過氣來。

隨著夜色愈來愈深，客人也愈來愈少。

「我先去休息了。」

我拿著已經報廢的比薩肉包，買了咖啡牛奶，走進後場。

若說我對這份工作有什麼唯一滿意的地方，無非是可以免費得到報廢品這點。

我灌下冰涼的咖啡牛奶，從口袋掏出了手機。正所謂好奇心毒死一隻貓，習慣性地點開 Instagram 後，彷彿所有的人都事先約好了一樣，整個時間軸都是櫻花的照片。

咀嚼加入了大量起司的比薩肉包，面無表情地開始為每張照片按下愛心。說真的倒也不覺得有那麼棒，只不過因為是**朋友**，不得不按。

#生日也要打工

如果搭配便利商店的場景來發一篇這樣的貼文，會換來幾個讚呢？

或許看在朋友的份上，可以收到幾則生日快樂的祝賀留言，但那樣只會讓人感到更加空虛。

大學時配合身邊的人申請的 Instagram 帳號，從兩年前的畢業典禮後就再也沒發過半篇貼文。再說，每天除了打工就是遊戲的生活，能寫出什麼吸引人的文章才怪。如果要發表想死或者想消失這種無病呻吟的廢文，還不如直接刪除帳號還比較省事。

想是這麼想，但每天還是會確認**朋友**的貼文，無法刪去一切又是為什麼呢？

*

順帶一提，聽說在我出生的時候，「蓮」這個名字是為小嬰兒取名的排行榜中最受歡迎的名字。

老爸沒有取名的餘力，只是選了最受歡迎的名字來為我命名。

我是由老爸獨力一手帶大的。

在生下我之後，母親馬上就過世了。雖然不願意這麼想，但她是因為生我才死掉的。

母親為了生我賠上自己的生命，我卻老想著要從這個世界上消失，真是罪孽深重。

我即將滿二十五歲，那也是母親把我生下來時的年紀。

一直以來，我都和老爸相依為命。但老爸卻不太願意用正眼看我，我猜他是不想看到我這張宛如和母親同一個模子印出來的臉。每次看到母親的照片，老爸都會嘆氣；每次看到我，老爸的眼神都非常寂寞。老爸每嘆一口氣，我的心就會抽痛一下。除非必要，我們幾乎不交談。老爸總是一副有氣無力的模樣，看似他還活著就只是為了養育我，或許也真的是那樣吧。

我在大學畢業的同時離開家，老爸什麼也沒說。

從小到大，我對老爸總是小心翼翼，深怕觸碰到他的傷口，因此當我開始獨自生活後，撇除金錢方面的問題以外，其實也如魚得水。

「你媽是個既美麗又溫柔、心地善良的女孩。說她一生中最快樂的事就是懷了你。那孩子要是還活著就好了。」

只不過，待在安靜無聲的房間裡，我經常會想起小時候外婆對我說過的話，嚇得做惡夢。

老爸、外婆、乃至於所有的親戚，不管是這個人還是那個人，沒有人打從心底為我的誕生感到高興，我猜他們更希望死掉的人是我，讓母親能夠存活下來。

當我還是孩子的時候，就已經明白自己的存在沒有任何價值了。

因為大家都愛著母親，所以這也是理所當然的。我從呱呱墜地，什麼都還不知道的那一刻開始，就已經成了千古罪人。

然而，或許是拜這個最受歡迎的名字所賜，也或許是遺傳自母親的清秀容貌，我在學校還算是個受歡迎的人物。

女生向我表明心意的場面屢見不鮮，也交到很多**朋友**。

在永遠為了一堆無聊的瑣事大驚小怪的教室裡，我每天都和朋友們討論著不知道究竟哪裡有趣的話題。明明一點也不開心，但依舊在臉上堆滿笑容。

世界無色透明。

直到現在——我仍困在這個無色透明的世界裡，求生不得、求死不得，只能苟延殘喘地呼吸著。

賠上性命才生下我的母親如果看到這樣的我，又會做何感想呢。

客人都離開了，店裡播放著偶像歌手正在喳喳呼呼的廣播節目。

「雨下老弟……可以打擾你一下嗎？」

我正默默地為餅乾補貨，井浦先生突然在我背後輕聲說道。除了工作以外，井浦先生從未主動找我攀談，難道是出了什麼問題嗎？

「可以呀，請問有什麼事？」

我笑著回頭。

「我……今天是最後一天上班，想說還是要跟你說一聲。」

「欸……你要辭職嗎？」

這完全是出乎我意料之外的報告。

「嗯……難得又有工作找上門來，我想專心處理。」

「工作……井浦先生，你還有別的工作嗎？」

我不禁反問。他還有其他打工嗎？可是什麼樣的工作會主動找上門？

「啊……我沒說過嗎？那個……我在寫小說。」

井浦先生回答得有些吞吞吐吐。——小說。換作是以前的我，對這方面肯定絲毫不感興趣。

「也就是說……你是職業小說家嗎？」

「嗯，算是吧。」

「原來井浦先生是小說家啊，好厲害呀。」

我內心感到不知所措。還以為井浦先生跟我一樣，甚至沉在比我更深的黑夜裡，沒想到他是小說家——那可是只有被選中的人才有本事從事的行業。

「一點也不……一點也不厲害喔。正因為沒什麼本事，所以才要在這裡打工。書賣不出去，也很少有工作找上門來。明知道自己沒有天分，也覺得自己很傻，可是……我認為這次應該是最後一次機會了，所以……我想放手一搏。」

這是我第一次看到井浦先生這麼積極地表達他的想法，同時也覺得自己又獨自被拋棄在黑暗之中，跟找工作時失敗的經驗一樣。

「請問……你都寫些什麼樣的作品？」

我不看小說，所以問了也是白問，只是內心還是有些好奇。

「我覺得說了，你應該也不知道……」

過了好一會兒，井浦先生才繼續說。

「那本書叫《花物語》……」

那一瞬間，心臟跳了好大一下，手機也同時在口袋裡震動起來，我馬上就知道這則訊息是誰傳過來的。因為只有一個人會在三更半夜傳訊息給我。平常我都忍到休息的時間再看，但不知道為什麼，今天特別坐立難安，於是就從口袋裡掏出手機，點開了訊息。

Kako 〉Ren，生日快樂。

Kako 〉感謝你誕生到這個世界上。

Kako 〉感謝你與我相遇。

*

「這是只屬於你的故事！」

一年前——只要點開網頁，就會看到「flower story」這個遊戲 APP 的廣告。遊戲內容其實很簡單，裡面有很多可愛的動物角色、具有設定人物的功能，一看就知道是女生會喜歡的內容。

之所以下載這個應用程式只是為了打發時間，可是一玩下去居然就迷上了，難怪這款遊戲會在軟體商店的排行榜居高不下。我原本就是很容易沉迷於遊戲的人，除了本身就喜歡玩遊戲，也是因為唯有在玩遊戲的時候才能暫時忘記一切。

玩到一個階段後，為了填滿蒐集圖鑑，就必須向朋友蒐集花的種子才行。於是我開始造訪其他玩家的商店，無差別攻擊似地送出交友申請。

Ren 〉你好，請和我交朋友。

完全是樣版文章。

Kako 〉你好。我還以為沒有人要跟我交朋友。
非常感謝你傳訊息給我。

眾人之中，只有 Kako 回覆得情真意切。

如果是要並肩作戰、必須有所交流的遊戲就算了，但是像這麼單純的小遊戲，而且幾乎只是義務性質的交友申請，要說根本沒有玩家會特地因此抽空回信也不為過。隨機發出交友申請的玩家，大部分都是因為現實生活中沒有朋友玩這款遊戲，迫不得已只好和不認識的人當朋友，對彼此的意義也只是朋友欄中多了一個使用者名稱。明明是人在操縱，感覺卻跟面對電腦沒什麼兩樣。

唯獨這個訊息是有生命、是會呼吸的。

Ren 〉謝謝你願意和我做朋友。Kako 你好，請多多指教。

我心想既然是自己提出交友申請，禮貌上應該要給點回應，所以就回傳了訊息，沒想到 Kako 又回信了。而且毫不意外地又是一則情真意切的訊息，如果不理她好像有點過意不去，於是我又送出了回覆，而對方也再次傳來訊息。

結果我們一整個晚上都在通信。

Kako 〉發生過一些不開心的事，所以我高中畢業以後就再也沒有踏出過家門。

真的是廢到太超過的廢物星人了，嚇到你了吧？

天快亮的時候，我看到了 Kako 傳來這則訊息，內心突然感到驚慌失措。

不禁想起——

高中二年級那年的情人節。

放學後的教室裡，我把放進我抽屜裡的巧克力塞進書包，和我一起留下來當值日生的女生悄悄站在我身邊，遞出一個包裝精美的盒子。

「這個……請你收下……」

我知道她非常緊張，因為當時明明不冷，她的雙手卻在發抖。

那個女生姓倉田，但我不記得她叫什麼名字了，只記得是個土裡土氣的女生，在班上很不起眼，沒有人要跟她說話。就我印象所及，也從沒見過倉田和朋友一起說笑的畫面。

「倉田同學，謝謝你。」

但我每次在教室裡看到倉田，都會跟她打招呼。如果說我不管對誰都很溫柔，其實也沒錯，但是反過來說，這也表示我對任何人都不感興趣。我只是——不想被任何人討厭而已。

沒多久後，時間來到了白色情人節的那天。在第一堂課下課後，我走向倉田的座位要給她回禮。那是我剛好看到就買下來、繡有玫瑰圖案的手帕。也不知道為什麼，我為其他人選了不過不失的棉花糖，卻想給倉田不一樣的禮物。我只是想讓她知道，我很感謝她喜歡我這件事。

「謝謝……」

倉田接過手帕，抬頭看著我，眉開眼笑地紅著臉道謝後，從裙子口袋裡拿出一封信，遞給我。

「那個……我寫了一封信……如果你願意看看的話……我會很開心的……」

她像是拚了老命般地從聲帶擠出聲音，對我說著。

我沒喜歡過誰，可是倉田那顫抖著聲音拚命表達心意的模樣，不知怎地讓我有點感動。

信寫得很長，彷彿要把內心深處的情意全部吐露出來。不用說也知道，那是一封情書，但也像是一篇小說。

看完後，我把信收進抽屜裡。

然而就在午休時間——不曉得誰偷了那封信，當我發現時，那封情書已經在教室裡傳閱過一遍了。

第二天就是春假的開始，然而當我升上三年級——倉田就不再來學校了。

「倉田同學沒來上學耶。」
「這是必然的結果吧。」
「話說像她那種個性陰沉的人，也敢向蓮告白，會不會太不自量力了？」
女生們七嘴八舌地說著倉田的壞話，我很快就知道犯人是誰了。
「蓮，你也不會對那種陰沉的傢伙感興趣吧？」
但是我什麼也不敢說。
只是硬在臉上擠出笑容。因為我深怕被對方討厭。

Ren 〉我沒有嚇到喔。
Ren 〉我也是從大學畢業以後，一直找不到適合的工作，二十四歲還在打零工，廢到連我自己都討厭自己。我不清楚你發生了什麼事，但我認為你的人生才正要開始。

之所以會回信給 Kako，或許是我在內心深處把 Kako 和倉田的身影重疊了。
我對倉田並沒有喜歡的感覺，當然也不討厭，對她就跟對班上其他同學一樣不感興趣，只是她那眉開眼笑的表情和拚命表達心意的模樣，深刻地烙印在我心底。

從那一天開始，我和 Kako 開始通信。

Kako〉Ren 喜歡看小說嗎？

Ren〉抱歉，我都在打電動，很少看書……頂多偶爾看看漫畫。

Ren〉Kako 喜歡哪本小說？

Kako〉我猜你大概沒聽過，我最喜歡的小說是《花物語》。那本書對我的意義非常重大。

Ren〉內容在說什麼？

Kako〉那是一本戀愛小說，總覺得主角很像我，看著看著……感覺好像真的在談戀愛。我喜歡各種類型的小說，但是只有《花物語》能讓我著迷地一再重看。

Ren〉是噢，我沒看過戀愛小說，但是聽你這麼一說，我也想看了，改天再找來看看。

Kako 〉嗯，請務必找來看看。即使分隔兩地，看的是同一本書，感覺好浪漫！

對素未謀面的人說什麼呀。我在心裡冷眼旁觀的同時，另一方面也感受到，這種只有文字、沒有聲音也沒有影像的交流確實很像在進行著真實的遊戲。

而且……不知道從什麼時候開始……我變得開始期待 Kako 傳來的訊息。

但只是在虛擬的世界裡。對我而言，Kako 是不真實的人物，只存在於不真實的世界裡。

「……我知道《花物語》。」

可是當我這麼告訴井浦先生時，感覺 Kako 的存在一下子變得好真實。

「咦?你是說真的嗎……?」

井浦先生瞪圓了雙眼。大概是因為賣得很不好，井浦先生一臉不相信我看過那本書的表情。

「真的喔。是朋友推薦給我，她還說這輩子沒看過這麼令人著迷的書。」

我轉述 Kako 說的話。

「是這樣啊……真令人開心啊。請幫我向你朋友說聲謝謝。」
井浦先生難為情地搔搔臉頰。
「好的，我會轉告她。那個……我可以現在跟她說嗎？」
井浦先生有些困惑地點頭。
我立刻鑽進後場。
花物語。我的心臟從井浦先生說出這三個字的瞬間就一直小鹿亂撞到現在。

Ren 〉我也要感謝你。
Ren 〉還有……請恕我冒昧，我想見你一面。
Ren 〉方便的話，我可以在 Kako 有空的時候去京都找你嗎？

我的手指飛快地點擊螢幕上的鍵盤，寫成了文章，再不假思索地按下傳送鍵。我也不曉得自己為什麼要這麼做，只是覺得不能光用訊息告訴 Kako《花物語》的事，必須當面告訴她才行。此時，心跳又隨著已傳送的標示加快了。
訊息隨即變成已讀。

＊

天色依然顯得昏暗的凌晨六點，與早班的兼職阿姨們換班後，我換回了便服。明明累到睜不開眼，神智卻又清醒得不可思議，大概是因為心情始終處於亢奮的狀態吧。

我從連帽上衣口袋裡掏出手機。

還沒有收到 Kako 的回覆。

如果對你造成困擾，就當我沒說吧。

但是才打到一半，我又把手機放回口袋裡了。

大概不用特地強調——也會被拒絕。

再說，要求見面根本就違反互動禮儀，而且就算見了面也沒有特別想做些什麼事。

我只是想告訴 Kako。

我認識她口中對她意義非凡的小說作者。

「這段時間辛苦你了。」

換好衣服，我回頭向井浦先生道別。

「嗯，謝謝你總是對我這麼親切，我很感動喔。」

井浦先生有些不好意思地笑了。

心裡突然一緊。我曾經親切地對待過井浦先生嗎？我不知道、也沒有印象。我只是對他笑過罷了。

走出店外，與夜晚不同，白天的氣味滲入四肢百骸。

去程是下坡，想當然耳，回程自然變成上坡。照亮滿樹櫻花的不再是人工的光線，而是柔和的陽光。我隔著櫻花仰望泛白的天空。

宛如棉花糖般的雲朵在空中遊移，鬆鬆軟軟，令人感覺身心舒暢。

雖然總覺得以前它們移動得更要更慢一點，但時間流逝的速度之快，果然從幾億年前就沒有改變吧。

只有我動彈不得地卡在不變的飛逝洪流裡。

真希望就這樣消失在無分晝夜的時間裡。

我已經……身心俱疲了。雖然什麼也沒做，但我對於自己只是這樣活著感到疲憊不堪，不知道自己究竟為何而生，也不知道自己要為什麼而活。

「唉……」

真想像櫻花的花瓣一樣，無聲無息地死去。

正當我這麼想的時候，手機突然震動起來。

我從口袋裡拿出了手機，將視線望向手機螢幕。

Kako 〉我也想見你。

*

上午九點。

用少得可憐的存款買了坐到京都的自由座車票，從東京車站跳上新幹線。

明明是我自己主動提出要見面，卻始終沒有終於要和 Kako 見面的真實感。

Kako 〉今天十二點，我在京都車站大樓梯上的大鐘下面等你。

在那之後，收到 Kako 傳來以上的訊息。

雖說想見面，也沒想說今天就要見到。但提出要見面的是自己，也不好意思要求改天再約。更何況，錯過今天，說不定我就再也沒有前往京都的衝動了。

但 Kako 真的會來嗎？她說自己之所以會變成繭居族，是因為發生過一些不開心的事，雖然沒深入去問是什麼不開心的事，但如果是精神方面的問題，肯定非常嚴重，才會讓人無法踏出家門。

回過頭想想，這一年來每天都跟 Kako 通信。

Kako 說的話總是那麼溫柔體貼、真心誠意，雖然她形容自己是無可救藥的繭居族，但是在我的想像裡，Kako 應該是個楚楚可憐的女孩子。

不過，網路上認識的人在現實生活中見面，通常都沒有好下場。

我並不是外貌協會的會員，而且話說回來，我也沒喜歡過誰。

但是如果來的是一個個性陰沉到超乎想像的女生，我可能會大失所望，說不定還會因此失去想像中的 Kako。

雖然覺得這個可能性相當大，但我也認為就算真是那樣也無所謂，我只想告訴Kako關於《花物語》的事。

想是這麼想——但是就連我也不明白自己怎麼會這麼緊張。

「呼……」

為了恢復平常心，我將耳機塞進耳朵，打開手機，隨便找個遊戲來玩。遊戲總是能帶我前往另一個世界。

十一點四十五分，距離約定的時間還有十五分鐘，新幹線依照車票上的時間滑進京都車站。

京都塔就聳立在車站對面。

在回想起眼前的景色曾經是某本相簿封面的同時，我也一邊巧妙地避開大批觀光客往前走。

國中的畢業旅行去了沖繩，高中則是去北海道，因為平常很少旅行，所以這還是我第一次來到京都。由知名建築師設計的車站內充滿未來感，有幾分遊戲舞台的味道，要說沒有京都風味還真是沒有京都風味，但這反倒讓我有些悸動。

搭上大樓梯旁的手扶梯，逐漸靠近約好的地點。根據上網查到的資料，好像也有人會在那裡舉行婚禮。隨著手扶梯一路向上，也聽見自己的心跳愈來愈大聲。換乘另一個手扶梯，抵達約好的地點時，只見大鐘周圍散落一地粉紅色的花瓣，大概是剛舉行完婚禮。

就在大鐘的前方，有一個女孩子站在那裡。

我不知道 Kako 的長相。

也沒聽過她的聲音，更沒看過她的笑臉。

只知道她是個二十一歲的女生，住在京都，三年前開始關在家裡不出門。遊戲只玩過 flower story，愛看小說，最喜歡的小說是《花物語》，喜歡的電影是《心之谷》。

要說很表面還真的很表面。

但我一看就知道那個人是 Kako。

內心緊張到不行，感覺全身的血液都在咕嘟咕嘟地沸騰著。

我慢慢走近那個纖細的背影，大概是察覺到後面有人接近，女孩一骨碌地轉過身來，充滿春天氣息的碎花喇叭裙隨風翻飛。

正中午的太陽照亮了寬寬大大的白色羅紋針織帽，在逆光下，看不清楚女孩的臉。

「你是……Ren 嗎？那個，初次見面，我是 Kako。」

這還是第一次聽到 Kako 的聲音，比我想像中的聲音還要高一點、甜一點。心臟被緊緊地抓住。

光澤耀眼的黑色齊眉瀏海與垂到胸口的長髮、就像是風的本體一樣隨風飄動著。

宛如直接從細緻貼心的文章裡走出來的女孩——就站在我的面前。

「對，你好，我是 Ren。」

我朝 Kako 跨出一步。大概是太緊張了，無法像平常那樣擠出笑容。

「你果然是 Ren……能見到你真是太好了。」

Kako 注視著我，微笑說道。她的笑容簡直像自寒冬中甦醒的花蕾輕柔綻放。那楚楚可憐的笑容，讓我有生以來第一次無法控制心靈的震顫，身體變得好熱。

「我一直很想見你……所以……那個……謝謝你約我出來。」

Kako吞吞吐吐地說，就像我們第一次傳訊息的時候那樣。

「我也是……所以……那個……感謝你願意赴約。」

聲音拔尖了好幾度。心跳的聲音也傳遍了全身，速度快得像是隨時就要原地爆炸。

過去我沒有喜歡過誰，我還以為自己不會喜歡上任何人了。

因為這是個無色透明的世界，只會帶給人不幸、殘酷與悲傷。

可是，或許我一直在內心深處向上蒼祈求著。

祈求自己能發自內心地愛上一個人——。

第三話

花物語

只因為年紀一樣大這個理由就被聚集在一起的男生女生，散布在教室裡嬉鬧聊天，我總是提醒自己要活得像空氣，以免被其他人注意到。

我一面與陳舊的桌椅合為一體，下課時間總是在看書。

自從發生**那件事**之後，我就把自己活成一個影子，唯有專心看書時，再怎麼孤獨，也能忘了自己是孤零零的一個人。

放學後也沒參加社團，幾乎每天都跑去京都車站的大型書店。

「書本能豐富人生，只要一千圓就能體驗某個人的人生片段，所以你要多看看書。這麼一來遲早能遇到對自己的人生意義重大、不可或缺的命運之書。」

母親總是把這句話掛在嘴邊，大方地給我很多零用錢。

我不買零食，也不去別的地方閒逛。不論是衣服、鞋子還是首飾都不買的我，回過頭來，錢都砸在買書上。

我常常坐在京都車站大樓梯的頂端看書。

從台階上可以看到熙來攘往的人潮。

世界上有多少擦身而過的命運呢？

能在人潮如此洶湧的地方與某個人成為好朋友、愛上某個人、與某個人交往、結婚生子——要過上如此平凡的生活根本是奇蹟。

我能被生下來肯定也是一種奇蹟。

可是，我為什麼要被生下來呢。

為了什麼——？為了誰——？

我總是邊看書邊思考這些問題，可是任憑我想破頭也得不到答案。

在每天都過得無滋無味的情況下，我升上高中三年級。

四月一日，這一天是開學典禮，所以中午過後就放學了。於是我搭著公車前往一直想去看看的一乘寺，那裡的書店有很多藝術方面的書。

一踏進店裡，我就看到命中註定的那本書。

還沒開始在店裡閒晃，擺在新書陳列區的紅色封面就映入眼簾。

《花物語》

封面描繪著女學生一臉哀戚，彷彿隨時都要死去的插圖——這點跟我有點像。

翻開書，主角的名字叫「花」。

我喜歡單行本，不管是紙的質感，還是厚重的感覺，而且有很多沒變成文庫本的書，比起故事還更重視本體的表現手法。我在上頭看到了自己的影子，因此買下那本單行本。

在回程的公車上，我就迫不及待地翻開來看。直覺告訴我，這本書就是我命中註定的那本書。

書中描寫一個平凡女學生的初戀——這或許是隨處可見的故事，但無論翻到哪一頁，一字一句皆無懈可擊，壓倒性地支配著我的每一顆細胞。

因為在故事裡，女主角就這樣真實地活著，在字裡行間呼吸。

我看過很多書，瀏覽過很多文字，但就只是看過而已。

可是我在閱讀《花物語》時，或許因為主角的名字也有個「花」字，我有生以來第一次體會到被附身是什麼樣的感覺。而且當我看完整本書後，淚水不由自主地奪眶而出，感覺這個故事就像是我體驗的每一天。

明明是快樂的結局，卻哭到不能自已，這也是前所未有的體驗。

原來戀情能夠開花結果竟美好得足以令人感動落淚。我邊哭邊這麼想著，總有一天、總有一天，我也想談一場這麼美好的戀愛。

一個月後，或許是看了《花物語》，我產生有生以來第一次稱為愛戀的情愫。

對方是個姓千葉的男生，我們從三年級開始同班。

「早安，山岸同學。」

每天早上，即使我躲在教室裡再邊陲的角落，試圖與椅子融為一體，千葉同學都還是會向我打招呼。

千葉同學長得很帥、很溫柔，沒道理不受女孩子們歡迎。

但我連話都說不好，面對這種與自己相隔十萬八千里的存在，根本嚇都嚇死了，每次都只能點點頭，無法做出其他反應。

儘管如此，千葉同學還是每天都對我說「早安」。

千葉同學為什麼會向等同家具的我打招呼呢？

我每天早上都覺得很不可思議。

可是我也不敢問他：「你為什麼要跟我打招呼？」因為這個問題太奇怪了，怎麼可能開得了口。

他大概會回答「因為我們是同學」，除此之外再無其他。

但即使如此，我還是會很開心。

每次點頭回應千葉同學的早安，心臟都像是幾乎要被揉碎一般，陷入了這輩子的第一次戀愛。

光是千葉同學出現在我的視線裡，荒蕪的心就像是澆了水的花，水水嫩嫩地重新活了過來。

光是喜歡上一個人，世界就如此閃閃發光——。

當時我受到命中註定的那本書《花物語》主角的影響，開始每天寫日記。〈花日記〉。我在筆記本封面上，寫下了這三個字。

起初沒什麼東西可寫，只好寫些書籍的讀後感。然而當我意識過來，花日記的內容已經全都是千葉同學的事了。

春月〇日

同班的千葉同學每天都會向我打招呼。千葉同學為什麼會主動跟我說話呢？我想破頭也想不明白。這陣子，我每天都在想著千葉同學。明明沒說過話，他卻在我的夢中出現了。我和千葉同學還會在夢裡聊天，雖然是很瑣碎的話題，醒來還是臉紅心跳。

夏月〇日

我早就意識到了，這大概就是愛情，除此之外沒有其他可能性。我戀愛了。這是有生以來第一次墜入情網，簡直就跟《花物語》一樣。沒想到一直只存在於小說裡的感情會出現在自己的心裡，簡直就是奇蹟。

課堂上，我直盯著千葉同學的背影看，他剛好在這時轉過頭來，與我四目相交，頓時害我的心臟差點爆開。激動的心情難以平撫，回過神來，我已經在筆記本裡寫下十次的「喜歡」二字。愛情這玩意兒，讓人感覺有點噁心呢。

秋月〇日

我們一起當值日生了。光是看到我的名字和千葉同學的名字並排寫在黑板上，我就覺得好高興。

「謝謝你幫忙擦黑板，教室日誌就交給我吧。」

千葉同學對我說著。但我一句話也說不出來，只能點頭。
我想向他道謝，卻害羞地說不出口。

冬月〇日
寒假結束了。
今年——幸好我拚命用功讀書，才能和千葉同學考上同一所大學，好高興。
這下子我們就不用分開了。我只要能遠遠地看著千葉同學的身影就好，我想上天應該會應允我這個微小的心願吧。

二月二十八日
明天就是畢業典禮。
我想鼓起勇氣跟千葉同學說話，為他每天向我打招呼說聲謝謝。我要加油。
人一旦墜入愛河，時間就過得飛快。
一年彷彿按下快轉鍵，轉眼即逝。三月一日——畢業典禮即將到來。

一年以來，千葉同學每天都向我打招呼，但我一次都沒回應他。

所以就算只有一句也好，我今天一定要主動跟千葉同學說話。

我是這麼想的。

畢業生們在大禮堂唱著最後的校歌，但我的視線範圍內只有千葉同學的背影特別鮮明。

好多人都在哭，我雖然沒掉淚，但也覺得有點難過，這都是因為愛上千葉同學的緣故。

聽完老師沒完沒了的致辭，畢業典禮也告一段落。

大家各自回教室時，我鼓起勇氣，悄悄地走向千葉同學。

千葉同學剛好也在同一時間轉過來，我們的視線碰在一起。

說吧。好好地說清楚。

我想告訴他：「謝謝你總是跟我打招呼。」

沒想到千葉同學搶先一步對我說：

「那個，山岸同學，方便借一步說話嗎？」

千葉同學走向緊張得隨時都要昏倒的我。

我完全不知道會發生什麼事。

我點點頭。心跳的聲音震天價響，害我什麼都聽不見。明明想說點什麼，卻因為太過驚訝，完全發不出聲音來。

「那麼，跟我來吧。」

千葉同學抓住我的手臂，帶我走向沒什麼人的逃生梯樓梯口。

這是在做夢嗎——？

我雖然一頭霧水，但千葉同學的手的觸感傳到身上，也讓我興奮到頭暈目眩。

「請、請問……」

我忍不住開口。

千葉同學打斷我的問題，視線從我身上移開，對我說：

「那個，如果不嫌棄的話，希望你……能和我交往。」

什麼——？

那是做夢也意想不到的話語。

我的心臟像是壞掉一般，根本感受不到喜悅或是幸福。

因為驚訝過頭，讓我整個人陷入了當機的狀態。

這時，我只能羞紅一張臉，不假思索地點頭。

千葉同學對我的反應露出苦笑，輕輕地拍了拍我的頭。

「謝謝你。那……就這樣……真是抱歉啊。」

千葉同學說完這句話就轉身離開。

剛才到底發生了什麼事？

我傻傻地愣在原地，一時半刻動彈不得。自己是被告白了嗎？但我完全反應不過來。千葉同學說要交往，但我到底該做些什麼才好呢？

今天就要畢業了，而我卻連千葉同學的電話都不知道。

還有，他那句「真是抱歉啊」又是什麼意思？

就在我茫然自失，無法理解究竟發生了什麼事的時候，這時有人拍拍我的背。

千葉同學？該不會是回來告訴我電話號碼吧。

我臉紅心跳地回頭。

可是站在我面前的卻是班上的╳╳同學。她和千葉同學都加入了足球社，擔任社團經理，是班上最漂亮的女生，身邊總是圍著一大群朋友。同樣是人，和我卻是雲泥之差。

內心湧起不祥的預感，這種人找我有什麼事？

「我說山岸同學，這是你的東西嗎？」

╳╳手裡拿著花日記。這麼說來，昨天寫完日記後，我放在學校忘了帶回家。

「我看過內容了，非常有趣呢。山岸同學真有文采。」

╳╳不懷好意地笑著。

「做為回禮，這個給你看。」

╳╳說道，不由分說地把自己的手機塞到我手裡，手機外罩著橡膠材質、有著大大兔耳朵的手機套。

手機螢幕上出現的，是大家都在用的通訊軟體對話框。

〈╳╳〉山岸的日記剛才傳到我這裡，她好像喜歡你。日記上寫說你每天都跟她打招呼，你是不是喜歡她？

〈千葉〉什麼？我怎麼可能喜歡那種陰沉的傢伙，太噁心了。

〈╳╳〉是嗎。那你為什麼每天跟那種陰沉的傢伙打招呼？

〈千葉〉沒什麼特別的用意，只是覺得當作沒看見也有點不好意思。

╳╳〉那你乾脆回應山岸同學的心情，明天向她告白吧。
千葉〉才不要，麻煩死了。
╳╳〉是嗎。那我們分手吧。
千葉〉怎麼會變成這樣。
╳╳〉因為你每天跟她打招呼等於腳踏兩條船，罰你向她告白，不然我們就分手。
千葉〉知道了啦。

看到手機裡的對話，我的世界變成一片空白。

有著兔耳朵的手機差點從我手中滑落，╳╳接過了我手中的惡夢。

「就是這麼回事，剛才那個是懲罰遊戲，你該不會當真了吧？大家都知道千葉正在和我交往，你不知道嗎？他喜歡我喜歡到不惜對你做出這麼過分的事喔。」

我不知道。也不想知道。

我什麼都不想知道。雖然什麼都不想知道，卻還是點了點頭。

然後我目不轉睛地盯著╳╳那對帶了妝的眼睛。只見╳╳一臉得意洋洋的勝利表情。

「就算是懲罰遊戲，我也很高興能跟千葉同學說話。」

我以就連自己都被嚇了一大跳的歡快語氣說出了這句話。

在高中三年的生活中，這是我第一次講出一句完整的話。

我不記得後來是怎麼從學校回到家裡的。

只想著即便早一刻也好，希望趕快從這個殘酷的世界上消失。

春天的時候，我就已經決定要念哪一所大學了。要跟千葉同學去同一所大學。

距離再遠也無所謂，只要能看到千葉同學的身影就好，所以我拚了命地讀書。

可是我沒去。我沒辦法和千葉同學上同一所大學。

明明只要能看著他就很幸福了。

但是就連這樣的願望也無法實現。

我果然當不了主角，談不上有如故事般甜美的戀情。

我很想大哭一場，可是人在太過悲傷的時候反而哭不出來，怎麼會這樣呢？

心好痛，痛得快要死掉了。

＊

從此以後，花子再也出不了門。

一想到踏出家門可能會遇到千葉、××或是班上的同學，就覺得好害怕。班上那些人應該都看過花日記的內容了。光是想到這一點，花子就害怕得要死。

我再也不要談戀愛了。

花子是這麼想的。

之所以還是喜歡上Ren，是因為Ren是個**素昧平生的人**。

Ren的存在，是花子獨一無二的真實，可是並不是現實。而花子對Ren而言大概也不是現實。

因此花子能向他坦承自己無法出門的事。光是Ren知道後還願意繼續與繭居族的自己保持聯絡，就已經是奇蹟了。

可是一旦見面的話，自己肯定會被Ren嫌棄的。

——像我這樣的人，根本不可能會有人喜歡的。

花子這個土裡土氣的名字很適合個性陰沉的我。一旦看到現實生活中的我，而不是遊戲中的人物圖示，Ren 一定會後悔的。

花子感覺事情一定會演變成這樣。

話說回來，雖然花子能在網路上侃侃而談，但事實上已經好幾年都沒有開口說話了。即使見到面，肯定也什麼話都說不出來；即使看到對方，肯定也笑不出來的。

所以和 Ren 碰面什麼的，應該是不可能的事情吧。

*

當花子睜開雙眼時，周圍安靜得連一根針掉地上都聽得見，夜色深得彷彿沉在海底。

我想見你。

花子沒有看完這則訊息以後的記憶。

看樣子她是昏了過去。花子對自己的不中用嘆了一口氣。

而且她還做了場惡夢。可以的話，她真想把畢業典禮的事埋進記憶的墳墓裡。然而愈是不愉快的記憶愈不容易消失，明明已經是三年前的事，記憶反而愈來愈鮮明。

總之得先回信給 Ren 才行。

花子打開一直握在掌心裡的手機。

一旦拒絕碰面的話，Ren 大概也不會再傳訊息給自己了。

一想到這裡，心裡就害怕得遲遲不敢點開 APP，可是也不能就這樣置之不理，就連 Ren 或許也是鼓起勇氣才提出邀約的也說不定。

花子稍微做了個深呼吸，點開 flower story 的畫面。

然而——映入眼簾的文字令她瞠目結舌。

Kako 〉我也想見你。

手機從手中滑落。

花子明明點開訊息就失去意識了。

難道是睡迷糊，不小心按下傳送鍵嗎？花子手足無措地撿起手機。也有可能是眼花看錯了。花子重新打起精神，將視線再度落在螢幕上。可是她並沒有看錯，因為訊息還有後續。

Kako 〉今天十二點，我在京都車站大樓梯上的大鐘下面等你。

在花子接著傳出以上的訊息後，也收到了 Ren 的回覆。

Ren 〉今天啊！（笑）我突然有點緊張起來了。

——這是怎麼回事？

我怎麼可能去見他。看到我這副德性，Ren 肯定會大失所望的。更何況我也出不了門。就算睡昏頭也不可能寄出這種不負責任的訊息。花子心慌意亂地為自己找藉口。

我發燒了，所以沒有辦法去赴約，真是對不起。

撒謊令她充滿罪惡感，但花子仍手忙腳亂地開始輸入文字。

這時手機突然響起，是 Ren 傳來的訊息。

Ren 〉謝謝你今天來赴約，好像在做夢。

Ren 〉我到現在都還沒有見到 Kako 的真實感呢。

看到內容，花子的心跳都快停了。

……咦？

怎麼會這樣。

搞不懂。想破頭都搞不懂。

我根本沒去赴約。不僅如此，我連家門都沒有踏出去過。

Ren 到底在說什麼——。

花子狼狽不已，這時映入她眼簾的，是緊握在手中的手機螢幕上顯示的日期。

四月二日。

在花子失去意識後，已經過了整整一天。

——我睡了一整天嗎？

花子臉色鐵青。

大概是在她小學的時候，也曾發生過一次類似的狀況。

那天早上，花子不想去學校，一直躺在床上睡覺。這時她做了一個好久好久的夢。那是個幸福的夢，夢裡沒有人尖叫。半夢半醒間，心想如果母親來叫自己起床的話，唯獨今天，花子想裝病不去上學。

可是到了晚上，母親也沒來叫她，花子提心吊膽地下樓，走進客廳問母親：「我今天……沒去上學……你不生氣嗎？」

但母親一臉莫名其妙地告訴花子，她今天一如往常地去了學校。

當時花子也有同樣的感覺。

直到上了國中後她才知道，這好像是所謂的夢遊症。

但花子也只有發作過那一次而已。

如果 Ren 說的是真的，表示夢遊症又發作了。難不成我是以這麼邋遢的模樣去跟 Ren 見面……。花子一頭霧水，不知所措。

剛睡醒的頭髮亂七八糟，身上穿的衣服是土到掉渣還滿是毛球的灰色運動服。想也知道臉上還沒化妝，素著一張臉。

即使內心充滿了羅曼蒂克的幻想，外表依舊是典型的繭居族，跟普通女生相差了十萬八千里。

問題是，從 Ren 傳給她的訊息來看，Ren 似乎不討厭自己。

——怎麼可能。

就算 Ren 不以貌取人，也不可能瞧得起這種與剛起床無異的打扮。光是走在一起，應該就會覺得很丟臉吧。

「太噁心了」

這幾個字始終烙印在花子心裡，歷歷如昨。

像把刀子插在心坎上，拔也拔不出來。

啊，對了。Ren可能認錯人了，然後誤以為對方就是我。

花子靈光閃現。

因為再怎麼樣也不可能在夢遊的情況下出去約會。

這時手機又響了。

花子像是要阻止心臟跳出來般地按住了胸口，懷著祈求的心情點開訊息視窗。

Ren〉對了，如果你不介意的話，我可以叫你「花子」嗎？

Ren〉你也叫我「蓮」就好了。雖然只是把拼音換成漢字。

——花子。

……他怎麼會知道我的名字。

花子從沒告訴過Ren自己的本名，所以Ren不可能知道自己的名字。

就在手機耗盡最後僅存電量的同時，花子的腦袋也完全當機了。

第四話

生命線

第二天，花子還處於丈二金剛，摸不著頭腦的狀態。

感覺就像是夢遊仙境的愛麗絲，分不清楚夢境與現實的差別，還把夢境裡的事物視為了真實。

為了修復當機的腦袋，花子的眼睛緊盯著4.7吋的手機螢幕裡那部聽說感動了許多人的話題電影，但是什麼也沒看進去。

如果是非現實的世界，原本做什麼都能投入，但是此時此刻，思考回路已經完全被現實（或者說是非現實的現實比較貼切）困住了。

做什麼都定不下心來，也無法回信給蓮。

她真的——她真的以這種見不得人的模樣在夢遊的狀態下與蓮見面了嗎？蓮應該是認錯人了。

千頭萬緒的假設在花子心中無限迴圈，但是沒有一個推理說得通。

因為蓮在訊息裡稱自己為「花子」，在遊戲中，這個名字除了自己之外根本沒人知道。

「唉……」

花子在心裡嘆了今天的第十六次氣。

結果還沒想好要怎麼回訊息給蓮，電影就看完了。

畫面中開始播放片尾名單，就在花子打算關掉影片時，突然有條訊息通知從畫面上方往下降。

Ren 〉你是不是討厭我了？

花子的心臟差點蹦出來。

怎麼辦？花子束手無策。

兩人在第一次碰面之後就沒有任何回應，也難怪蓮會產生這樣的不安。而且換作是花子自己的話，肯定就不只是感到不安這麼簡單了。

花子始終沒有見到蓮的記憶，甚至還沒有出過門的印象。

但也不能繼續對蓮的訊息置之不理。

總之，最好先配合他的說詞——。

既然蓮說見過自己，否認自己見過他反而顯得不自然。

花子輕聲嘆息，開始打字。說謊令人心虛，但她更不願意從此與蓮斷了聯繫。

Kako〉抱歉，訊息好像沒有順利傳送過去。
Kako〉昨天很開心，謝謝你。
Kako〉「蓮」寫成漢字更帥氣了呢，我以後就這麼叫你囉！

按下傳送鍵後，花子總覺得哪裡怪怪的。
內心深處湧起一股彷彿真的見過蓮，而且真的很開心的感覺。明明沒見到面，怎麼會陷入這種感受呢？

Ren〉太好了，我還以為你實際見到我之後就討厭我了，所以才會那樣寫，不好意思。
Ren〉我剛打完工，正要回家。

蓮立刻回覆。天將破曉的清晨六點過後——蓮總是在這個時間傳訊息過來。
花子期待他的回覆，所以日夜顛倒得愈來愈嚴重。光是收到蓮的訊息，就像是令人絕望的黑夜裡瞬間大放光明，感覺到自己不再是孤零零的一個人。

Kako〉辛苦了。

Kako〉我怎麼可能討厭蓮呢。
　每天收到你傳來的訊息是我唯一的樂趣。

Ren〉謝謝。

Ren〉我也是……。花子傳來的訊息是我的生命線。

——生命線。

這句話撼動了花子的心靈。

他們怎麼會如此有默契，兩顆心彷彿被電波串連起來。

Kako〉真巧，我也這麼想，與蓮通信是我的生命線。

Ren〉生命線是你昨天說的呀。（笑）

蓮的回覆令花子大吃一驚。

不記得見過對方，自然也不會記得曾說過哪些話。問題是——生命線確實像是自己會說的話。

還來不及深思，蓮又傳了新的訊息過來，令花子受到五雷轟頂般的衝擊。

Ren 〉我們一起看的櫻花好美啊。

我和蓮一起賞櫻——？

如同電影開始在大螢幕播放，花子眼前是一片櫻花散落的光景。

這裡是……哪裡？染成粉紅色的小溪，這是花子以前從未見過的景色。

因為浮現在花子腦海中的情景太過於真實，讓她真的開始懷疑，這難道是蓮傳送過來的心電感應。

與此同時，陽光從窗簾的縫隙照射進來，屋子裡一口氣大放光明。

早晨又來臨了。花子還以為黑夜會永遠持續下去。在深夜中，因為大家都還在沉睡著，所以就算只有自己一個人，也不會覺得孤單。

花子悄悄地拉開窗簾，櫻花反射著陽光，在窗外翩然飄落，如細雨紛飛。

花子突然好想衝進那場櫻花雨裡。

只不過，就算只有一瞬間，光是想到要出去，感覺就彷彿回到畢業典禮那天，讓她害怕得裹足不前。

所以她根本不可能和蓮一起賞櫻——。

花子嘆了口氣。

蓮見到的——到底是誰呢？

他真的……和我碰面了嗎？

要是他真的見過我，怎麼可能不嫌棄我？

花子已經什麼都搞不懂了。

＊

「……」

「……」

完成第二次（現實生活中倒是第一次）的自我介紹後，不知怎地，我竟然在微笑的 Kako 面前愣住了。

這個女孩真的是 Kako 嗎。繭居族的女生竟然打扮得這麼時尚，不禁讓人感到有點不可思議。難不成她說自己宅在家裡是騙我的？之所以會產生這個疑問，是因為與其說 Kako 和普通人一樣，毋寧說是個相當可愛的女生。

「呃，接下來要做什麼？」

見我動彈不得，Kako 有些不知所措地低喃。

這麼說來，我只想到要來見她，卻沒想過要去哪裡，這應該由提出邀請的人計畫好才對吧。

想起最近每天都在 Instagram 看到朋友的貼文，我情急之下說：

「呃……要不要去賞櫻？」

只見 Kako 喜出望外地猛點頭，動作大到有點誇張。

「嗯，好主意！我也想和 Ren 一起賞櫻。」

「那我上網查一下地點，可以給我五分鐘嗎？」

「嗯，沒問題的。早知道我應該查好再來，不好意思啊。」

「別這麼說，是我約你出來的。」

我連忙從口袋裡掏出手機，用【京都 櫻 名勝】的關鍵字搜尋。瀏覽搜尋到的結果後，目光停在「哲學之道」這個景點上。

「請問……你去過哲學之道嗎？」

「沒有。」

Kako想了一下後回答。

「那要不要去看看？上面說距離京都車站搭公車只要四十分鐘。」

「好啊，謝謝你幫忙找地方。」

於是我們在還有點尷尬的氣氛下，從京都車站搭乘五路公車前往哲學之道。

哲學之道位於六月會出現螢火蟲的清澈小溪旁，是一條從銀閣寺延伸到岡崎附近的狹長小徑。

搜尋到的部落格上這麼寫著。這段期間，花瓣會從馬路兩旁盛開的櫻花樹上飛散開來，再飄落在水面上，將小溪染成戀愛般的粉紅色。

出現在兩人眼前的畫面，就與部落格上寫的一模一樣。

「哇——好美啊。」

Kako 望著一堆又一堆的花瓣群聚從水面上漂過，興奮地歡呼起來。

「嗯，真的好漂亮啊。」

我波瀾不興地低喃。不解凋謝的花瓣明明已經是垃圾了，為什麼還這麼美，帶給人們無盡的希望。

「對呀，我第一次看到這麼美的景色。」

Kako 輕盈地轉過身來仰望著我，微笑說道。她的個頭比我想像中的還高，大概只比一百七十五公分的我矮十公分。

不管怎樣，原本只靠文字維持關係的人就站在自己的面前，還是很不可思議的現象。

大概因為我們幾乎每天通信吧，所以明明才剛認識，卻不覺得我們是初次見面，感覺真的很奇妙，就像是現實與非現實全部混在一起了。

眼前的這個女孩——真的是 Kako 嗎。之所以到現在還無法置信，或許是因為 Kako 和我在心目中為她塑造的形象太相像了。

「光是像這樣走著，就覺得好不可思議。」

我們兩人一起沿著河畔漫步，這時Kako喃喃自語。

「嗯，我也這麼覺得。」

「可是不知道為什麼，不覺得我們是第一次見面耶，只有我這麼想嗎……」

「不，我也有同感。完全沒有第一次見面的感覺，真是不可思議。」

「真的嗎？大概是因為我們這一年來都在聊天。雖然只是文字，但是對我而言……就跟生命線一樣。」

Kako著迷地仰望生意盎然的櫻花樹說道。

——生命線。

這是什麼意思？

「啊，有貓。」

我靜靜地走在櫻花飄落的小徑，還沒來得及回答，就見Kako衝向一臉慵懶地坐在路邊石頭長椅上舔毛的貓。那隻貓的毛色就像玳瑁一樣，稱不上漂亮。

「Ren，你知道嗎？玳瑁貓知道自己長得不夠可愛，所以非常聰明喔，比任何漂亮的貓都聰明，所以我最喜歡玳瑁貓了。」

Kako溫柔地撫摸貓的腦袋，小貓舒服地瞇細了雙眼。

「你喜歡貓啊？」

「嗯，雖然不能養，但我最喜歡貓了。不只貓，只要是動物我都喜歡，因為動物不會說別人的壞話。」

Kako不假思索地說，眼神十分哀戚。

我忽然好想知道她為什麼露出那種眼神。因為每天通信，不知不覺間，我還以為自己理解Kako的一切，但實際上我對她根本一無所知。

這麼可愛的女孩為什麼不敢踏出家門呢？我很想知道，但又不敢問這麼私密的問題，光是要像平常傳訊息那樣聊天就耗盡我所有的力氣了。

「Ren不喜歡動物嗎？」

Kako窺探我的表情問道。

「喜歡啊，以前還養過狗。」

男爵是母親結婚前養的狗，品種是黃金獵犬，聽說收養那天電視台剛好播出《心之谷》，所以才取名為男爵。可是男爵明明是貓的名字啊，我爸媽取名的方式都太隨便了。

姑且先不論命名的品味，我和男爵總是形影不離。身為飼主的母親突然去世，我想男爵肯定也會覺得很寂寞。或許年幼的我是想代替母親照顧牠吧，所以我們每天都一起睡覺、一起吃飯、一起玩。

男爵真的是隻很聰明的狗，不管我說什麼，牠基本上都聽得懂。每次我說「要永遠在一起喔」的時候，男爵都會樂不可支地嗚嗚低吼。

可是當我變成國中生時，男爵也變成一隻老狗。

所以——死亡也是無法避免的結局。

四月一日，那天是我十三歲的生日，也是開學典禮的那一天。放學回家後，就發現男爵躺在那張我們總是一起睡覺的床上，一動也不動。

我不知道會有這麼一天，也沒想過會有這麼一天，所以我還以為男爵的死是一場騙局。

但是任憑我再怎麼叫牠，男爵也不再對我嗚嗚低吼了。

那天我一直抱著逐漸變冷變硬的男爵，哭到體內的水分幾乎都流乾了。

我無法不質問老天，我所面對的世界為何如此殘酷。

從那一刻開始，無論做什麼，我都不再有感覺。整個世界都褪色了，不會感到快樂，也笑不出來。花在打電玩遊戲的時間愈來愈長，因為唯有玩遊戲的時候才能忘記一切，可以什麼都不想，全神貫注在遊戲的世界裡。

老爸大概也很擔心變得異常沉默的我，還問我「要不要再養隻小狗？」我笑著回答「我沒事。」但怎麼可能沒事，只是我不想再養狗了。因為新來的小狗不是男爵，也沒有一隻狗能代替男爵。

「狗也很可愛呢，那隻狗叫什麼名字？」Kako 問道。

大概因為是我用了「以前」這兩個字，Kako 猜到男爵已經不在了。

「男爵。」

說出名字的時候，感覺自己好像又快要哭出來了。男爵的叫聲迴盪在耳邊。我多少年沒提起過這個名字了呢？關於男爵的一切，我沒告訴任何人，一直埋藏在心裡。之所以刻意不主動想起，是因為那天的回憶實在太悲傷了。

「好棒的名字。」

Kako 微微一笑。

「這麼說來，你曾經提過最喜歡的電影是《心之谷》，對吧？」

為了蓋過不經意想起的過去，我用有點假仙的語氣問她。

「啊……對呀，我最喜歡《心之谷》了。不過，就算我最喜歡的電影不是《心之谷》，我也覺得這個名字很棒、聽起來很聰明。」

Kako 回答得有些支離破碎。

「男爵是一隻很聰明的狗喔，非常聰明。」

「你很愛牠呢。」

「嗯。可是男爵已經不在了……從此以後我不曾再喜歡過任何東西，有時不禁覺得自己真是個冷酷的人。」

為何能向剛認識的 Kako 說出這些從來不曾告訴任何人的祕密呢？傳訊息的時候也是，不管什麼事都能告訴 Kako。或許，是我內心深處認為同樣生活在黑夜裡的 Kako 應該願意接受我吧。

「沒有這回事喔。Ren 肯定比一般人更深情，所以才會那麼傷心。」

Kako 說道。

我的心被她的這句話緊緊抓住。

至今為止，我從未想過自己是個深情的人。

「啊，我好像太自以為是了，對不起。」

腦筋一片空白，不自覺陷入沉思時，Kako連忙補了一句。

「啊，不是的……我只是沒這麼想過。」

我一直以為自己是個冷酷的人。

可是都已經是多年前的往事了，卻還是這麼心痛、這麼希望能擺脫悲傷，或許正如Kako所說，是因為深情的緣故。

搞不懂。不過我也不認為自己是個深情的人。

「而且啊，Ren傳給我的訊息很溫暖喔。我一直……很期待。」

「我也是。我總是很期待能收到你傳來的訊息喔。」

「真的嗎？謝謝。」

Kako笑得很燦爛，她說自己是足不出戶的繭居族，根本是騙人的吧。

我肯定被騙了。可是Kako在現實世界所說的話跟她平常傳給我的訊息感覺並沒有兩樣，但我總覺得哪裡不太對勁，莫非和網路上認識的人見面本來就會產生某種程度的落差嗎？

與被Kako摸得心滿意足的玳瑁貓道別後，我們又開始順著櫻花行道樹往前走。不知不覺間，兩人都已經沒那麼拘束了。

不知道走了多久，當我們就快要走到櫻花行道樹盡頭之際，Kako 停下腳步，面色有些凝重。

「……Ren，我想告訴你一件事。」

「什麼事？」

她想說什麼？我覺得有點緊張。

「我……我的名字……其實是花子（Hanako）。」

花子——。聽到這個名字的瞬間，我覺得真是太適合 Kako 了。

因為在見到她的那一刻，我的眼前彷彿繁花似錦，心想 Kako 真是個如花似玉的女孩。

我第一次喜歡上某個人。

因為 Kako 是個比我想像中還要更好的女孩嗎——？

問題是從小到大，向我告白的可愛女孩子多得是，但我卻從未動心過。記憶中只剩下那個顫抖著雙手遞出巧克力和情書的女孩。

難不成……我在見到 Kako 以前，就已經愛上她了？

可是光透過文字的交流，真有可能愛上對方嗎？我也不知道。可是如果沒有每天互傳訊息——如果只是在街上擦身而過——我還會對她一見鍾情嗎？

「這個名字很好聽，很適合 Kako。」

我還無法釐清這份感情。

「謝謝，我也很喜歡這個名字。」

Kako 又笑得麗似夏花，看起來真的很開心的樣子。

因為今天還要打工，所以天還沒黑之前，我就必須和 Kako 道別。與 Kako 見面的時間轉瞬即逝，而且還是沒有真實感，唯有第一眼看到 Kako 的瞬間所萌生的「喜歡」這種情緒，即使坐上新幹線之後還鮮明地留在心底。

離開京都車站的兩小時三十分鐘後抵達品川站，人潮摩肩接踵的景象一口氣將我拉回到現實。

直到剛才還和 Kako 在一起的時光是在做夢嗎——我甚至浮現了這種感覺。

據說這個車站每天都有三百萬人來來去去。

或許陷在這龐大的人潮之中，人們才能不用去感受自己的命運等事物。熙來攘往的行人只是流逝的風景，我曾經佇足在這樣的風景裡，心想大家要是都能給我消失就好了。

我停下腳步，站在人山人海的正中央，從灰色的連帽上衣口袋裡掏出手機。

告別時，Kako 送我到京都車站時說：「到家後給我個訊息。」她應該比我更早到家，可是卻遲遲沒傳訊息過來。光是這樣我就感到坐立不安，究竟是為什麼。

Ren 〉謝謝你今天來赴約，好像在做夢。

Ren 〉我到現在都還沒有見到你的真實感。

訊息寄出後，我突然想起一件事。

這麼說來，Kako 把她的本名告訴我了。

花子——。

或許我也該改口了。Kako 應該就是希望我這麼叫她，才告訴我她的名字。至於我，因為暱稱和本名讀音相同，所以沒有自報家門。

Ren 〉對了，如果你不介意，我可以叫你「花子」嗎？

Ren 〉你也叫我「蓮」就好了。雖然只是把拼音換成漢字。

送出訊息後，我下到山手線的月台。現在明明不是上下班時間，人潮卻比平常還要擁擠。

月台上反覆播放著廣播，但實際上是從活人口中說出的話，聽起來卻像是機器在說話。

受到╳╳站的人身事故影響，班次將因此遞延——對乘客造成困擾——

根據電子告示牌上的顯示，好像已經停駛了二十分鐘。

「討厭。」

「要死不會去別的地方死一死嗎。」

彷彿只存在於網路上的惡毒私語在月台上此起彼落。

跳軌的人為什麼要選擇這種地方自殺呢？想找大家麻煩嗎？想讓別人知道他的存在嗎？還是說，想要得到幸福呢？

電車遲遲不開，害我打工遲到了三十分鐘，多虧蒼森幫忙瞞住店長，只開玩笑地對我說：「下次要請我吃東西喔！」就過關了。

打工時睏得要死。這也難怪，誰叫我從昨晚到現在都沒睡。幸好作業都已經習慣了，而且打從遇見Kako的那一刻起就像在做夢，所以沒出什麼太大的紕漏。

夜晚還是老樣子，如同開封後的汽水般慢慢消氣，一寸一寸地泛出魚肚白。

上班時，我一直很在意手機的動靜，可是直到下班都沒收到Kako的訊息。

或許又會收到「祝你好運」的電子郵件，但也或許連這種信都收不到。

大家經常都說網路上明明聊得很開心，見了面才發現不是那麼一回事。儘管不是交友網站，但一樣都是在網路世界相遇，所以應該大同小異。我今天應該讓Kako失望了，或許很有可能再也收不到她的訊息。

如同昨天的離職預告，井浦先生今天就沒有再出現了。

「你很善良。」

這是井浦先生對我說的最後一句話。

可是我——直到那天以前，都冷漠地認為井浦先生已經四十三歲了，還沒有正職的工作，在便利商店當了十年打工族，這樣的生活有意義嗎？

我肯定想在內心深處，說服自己混得比井浦先生還好一點點。

可是寫下《花物語》的井浦先生比我更了解這個世界，看起來彷彿什麼也沒在思考，其實他這輩子還比別人感受到了更多的東西。

經常有人說，只要一息尚存，就能編織出一個故事。而我的故事還是一片空白。

「唉……」

這時，我突然想起一件事。

這麼說來——我完全忘光了。

忘了告訴花子關於《花物語》的事。

第五話

水占卜

這裡是哪裡，莫非是宇宙的盡頭？

花子在不冷不熱，永遠保持在二十八度的四坪大房間裡魂不守舍地思索。

我每天都在這個房間裡做什麼？為了什麼活著？又是為了什麼被生下來？

從十七歲就一直在想這些問題，即使坐在京都車站大樓梯的最頂端，閱讀著由某個人所寫出的故事，花子依舊——不清楚這個問題的答案。

現在是七月，距離那次不可思議的約會已經過了三個月。

我真的——與蓮見到面了嗎？

雖然兩個人還是跟以前一樣保持聯絡，但花子始終陷在莫名所以的感覺裡，彷彿被狐仙捉弄了。

Ren 〉我今天看到貓囉。是花子很喜歡的玳瑁貓喔。

我向牠問好，牠還回了我一聲喵呢。

然而，彷彿為了消除花子的懷疑，蓮經常會傳來她毫無印象的訊息。

花子確實很喜歡玳瑁貓。因為她曾在小說裡讀到，玳瑁貓知道自己不可愛，所以很明白該怎麼討人類歡心。真是太努力了，花子覺得好感動。從此以後，她就想著如果有一天要養貓，一定要養玳瑁貓。

不過，這裡必須再重申一次，花子並沒有見過蓮的記憶。只記得那天睡得很沉，還做了畢業那天的惡夢。

儘管如此，當她繼續和蓮通信，總有種真的和蓮說過話的感覺。明明沒聽過，但是蓮那柔和的聲音卻宛如從樹葉滴落的雨水，靜靜地滲入耳膜深處。

儘管模糊難辨，但如果這真是蓮的聲音，花子覺得自己非常喜歡蓮的聲音。

我又是以什麼樣的聲音說話呢？

花子想不起自己的聲音。

自從畢業典禮那天起——她就沒有再發出過聲音了，即使只有自己一個人在房裡也不例外。

花子在深不見底的黑夜最底層，開啟了已經變成例行公事的flower story。

雖然不擅長玩遊戲，但這個遊戲很簡單，所以難不倒她。反倒是因為太簡單了，有時幾乎令人厭煩。下載安裝後過了一年，給角色穿的衣服愈來愈多。

她收下了只要登入就可以得到的竹葉和短箋，聽說只要收成之後，就能取得牛郎和織女的套組。

啊，對了！花子突然想起來。

明天就是七夕。

花子將手機轉回到主畫面，點開天氣預報的APP。根據預測，京都好像從明天晚上開始就會下起雨來。

相傳七夕是牛郎和織女一年一度跨越銀河相聚的日子。

雖然是民間故事，但是在她小時候聽到兩個人一年只能相聚一次，如果下雨甚至還無法見面時，還曾經為此非常感傷。

問題是——一年的歲月到底算是長還是短呢？

自從關在家裡不出門後，對時間的概念也漸趨模糊，感覺一年轉眼間就過去了。

時間應該是公平的，但隨著年紀愈來愈大，卻覺得時間過得愈來愈快。或許根本也不用一心求死，人就可能會在剎那之間死去。

不過花子現在已經不想死了，只要能收到蓮傳來的訊息，感覺自己就能一直在這個房間裡活下去。

花子再次打開 flower story，點擊訊息視窗，蓮的名字出現在最上方。不對，倒不如說清單上根本就只有蓮的名字。過去也收到過幾則沒有自我介紹的交友申請，但花子都沒有接受。她只要有蓮這個朋友就足夠了。

Kako 〉明天是七夕喔，蓮在短箋上寫了什麼？

花子送出訊息，開始思考如果是自己的話，會寫些什麼。

……好想見蓮。

這個念頭浮上心頭的瞬間，心願也同時埋入沒有人看得見的透明時間軸裡。

好想聽蓮的聲音，想知道蓮是什麼樣的男孩子，想知道（雖然不記得了）蓮見到自己以後，為什麼沒有討厭自己。

但這都是遙不可及的夢想。

因為花子出不了這道門。光是站到玄關處，眼前就會出現一個黑洞，瞬間就被吸了進去。

——太噁心了。

那天的那句話烙印在腦海，無法抹去，一再重複。

「唉……」

深陷在憂鬱的情緒中，花子保持平常心地在遊戲裡過關斬將，搞定三個任務之後，得到了虛擬貨幣。

但說真的，她其實什麼也不想要。

就算再怎麼把自己的角色打扮得很漂亮，也無法踏出這面 4.7 吋的螢幕。

不管是 Kako，還是花子，一樣哪兒也去不了——。

約莫過了一個小時，手機在充滿嘆息的房間裡響起。

Ren 〉我寫了「我想見花子」。

那一瞬間，花子感覺全身緊張得不受控制，心臟彷彿被誰用手掐住了，緊緊地擰成一團。

*

七月，店內瀰漫著梅雨初歇，還很潮濕的空氣。

代替井浦先生的大夜班新人是個姓久保的青年，才二十一歲，還是個大學生。聽說他在地下樂團擔任主唱，總是哼著我沒聽過的歌，大概是自己寫的。

「久保同學畢業後要做什麼？」

幾乎沒有客人上門的時段，我們一起為新推出的泡麵上架。我忍不住問他。

「還沒決定。我只要能玩音樂就好了。」

我心想原來還有這種生存之道啊，另一方面也覺得我們不是同一個世界的人，大概是因為我沒有任何生存的目標。

同樣在便利商店打工，比起為夢想及喜歡的事物而活的蒼森和久保，我只是毫無目標地在呼吸。

我什麼都不是，也不曉得自己想做些什麼。

醒著也好，睡著也罷，時間都還是毫不留情地往前走。隨著馬齒徒長，光陰流逝的速度快得令人難以置信，感覺自己正一步一步地向死亡靠近。

以前的我恨不得離死亡愈近愈好。

可是現在的我已經不這麼想了，真是不可思議。大概是因為遇見了Kako。最近不管做什麼事，我滿腦子都在想著花子，也比以前還更期待收到她傳來的訊息。

我還沒有告訴她《花物語》的事。唯有這件事，我覺得一定要當面跟她說才行。但這只是藉口罷了，或許，其實我只是想親眼看看花子會有什麼反應。

「我先去休息了。」

久保哼著歌走進後場，已經融入耳膜的旋律聽起來是首好歌。

店裡沒有客人，彷彿全世界只剩下我一個人。我拿出手機，點開flower story。登入後就能得到竹葉和短箋的額外獎勵。對了，我想起來了，今天是七夕。在我點進訊息視窗後，就看到花子傳來的訊息。

Kako 〉明天是七夕，蓮在短箋上寫了什麼？

因為立刻就想到要寫什麼，害我心臟差點就要跳了出來。

這三個月來，我一直在默默存著要前往京都的交通費。

初次**見到** Kako 的那一天，我久違地感受到活著的感覺。另一方面，卻又覺得花子在我身邊的感覺，就像遊戲那樣不真實。或許是緊張的關係，也或許是不熟悉京都的土地，總覺得世界跟平常完全不一樣，分不清哪邊才是現實。

所以我想再去京都一次，再見花子一面，確認胸口這股隱隱作痛的感覺是真的還是假的。

可是花子從不主動提起和我見面的事情，反而像是刻意避開見面時的話題。所以，可能只有我單方面想再見她一面，就算約她應該也會吃閉門羹吧。

但深夜似乎有股不可思議的力量，讓人無法偽裝自己的言語和情感。我的心跳持續地快速鼓動，卻還是毫不猶豫地寫下自己的心願。

Ren〉我寫了「我想見花子」。

*

Kako 〉我也打算這麼寫。

在那之後不到三十分鐘就收到花子的回覆。沒想到花子竟然會這麼想，令我大感意外。

值完夜班，我小睡片刻之後就立刻跳上新幹線，在相隔三個月不見的京都車站下車。

跟上次一樣，我們相約十二點整在同一個地點集合。

搭手扶梯抵達約定的地點時，花子已經站在那裡了。她正在大鐘前面照鏡子，貌似還沒注意到我來了。僅僅是花子的身影映入眼簾，心跳就快得無法抑制，感覺一口氣從現實掉進非現實的世界。

「早安。」

我悄悄走近，向她打招呼，花子趕緊將鏡子收進皮包裡，朝著我跑了過來。袖子部分鏤空的長袖針線衫是清涼的水藍色，搭配長度到小腿中間的薄紗裙，打扮與時下的年輕女孩無異，實在很難相信她是個無法出門的繭居族這件事。

「早安。」

花子微微一笑，手舉到臉的高度。大概是都沒曬太陽，雪白的肌膚晶瑩剔透。

我想像著她是用那雙手打下要傳給我的訊息，不由得心盪神馳。

「謝謝你又約我出來碰面。」

「我才要謝謝你願意來赴約。約得這麼突然，不要緊吧？」

「嗯，這樣才好。」

「為什麼？」

「因為要是提前約的話，我會很緊張。」

「說的也是。」

我同意。即使不像上次那樣徹夜未眠，但今天也只睡了幾個小時就跑來京都了。總覺得還在做夢，緊張也被半夢半醒的浮游感沖淡不少。

要是提早幾天約好的話，我可能會臨陣退縮。擇日不如撞日，想見面就衝動地跑去見面的方式似乎比較適合我和花子。

「我已經想好今天要去哪裡了。」

話雖如此，其實我只是在新幹線上查了一下，但這樣應該會比上次更像是約會

（雖然我並不確定這能不能稱得上是約會）該有的行程。

「哇，太好了。我們要去哪裡？」

「到那邊之前，我先保密。」

「這真是太令人期待了。」

花子有些驚訝，隨後柔柔地嫣然一笑。塗上櫻花色唇蜜的嘴唇閃著明豔照人的光澤。

從京都車站轉電車前往目的地，雖然說先不告訴她，但是電車一到站，花子應該就知道我要帶她去哪裡了。

「但願今天不要下雨。」

坐了大約一個小時的電車，到達目的地——貴船口站時，花子仰望有些陰霾的天空，喃喃自語。

七月七日。今天是牛郎和織女一年一度相聚的日子。傳說一旦下雨，他們就見不到面了，所以花子才會這麼說吧。

「但願如此。」

我也同意。

因為七夕若是下雨的話，確實會讓人有點遺憾。

雖說事實上根本沒有牛郎和織女，那只是傳說迷信而已，但只要有很多的人都相信他們存在，他們就等於存在。

就像我明明存在，但是認識我的人還不到一百個，所以對大部分的人來說，我等於不存在。

即便不是只有七夕這天才會被想起，可是我的存在感卻比虛構的人物還要低，我覺得這種感覺，有點類似網路世界比現實世界還要真實的情況。

抵達目的地的車站，我們走了一小段路，幾小時前在網路上搜尋到的景色便進入了我們的視野。石階在鬱鬱蒼蒼的綠意裡延伸著，兩旁則是成排的紅色燈籠。

這裡就是貴船神社的入口。

「我們到了喔，花子知道貴船神社吧？」

「嗯，可是從沒來過。親眼見識到以後，有種很神祕的氛圍呢……」

花子心醉神迷地看著眼前的風景，輕聲說道。

【京都　約會　夏天】

我用這三個關鍵字上網搜尋，就找到了貴船神社。夏天才剛開始，所以還不算太熱，據說這裡位於京都的北部，即使盛夏也很涼快。

「聽說也是很有名的結緣神社。」

我這麼說並沒有特別的意思，單純只是轉述一則資訊而已。再說我根本不相信什麼神明之類的。要是真有神明，我媽就不會這樣死去了吧，也不會有人跳軌自殺。

「那一定要祈求神明保佑我們兩個。」

花子輕聲細語地說。她的語氣十分虔誠，聽得我心裡一陣小鹿亂撞。求神明保佑我們是什麼意思？這句話聽起來有幾分告白的意味，對此我也不由得開始妄想了起來。

一旁的花子從皮包裡拿出手機，用手機內建的相機拍下眼前的風景。

「你該不會有用 Instagram 吧？」

因為花子的行為出乎我意料之外，我不禁問道。

「沒有呢，蓮有在用嗎？」

「這個嘛……是有啦……不過最近完全沒在發動態。」

先前也提到過，自從大學畢業以後，我就沒有在 Instagram 上發照片了。因為我的時間，就連在網路上也都靜止了。更何況——不論是誰，那副想把自己的一切公諸於世的樣子，總讓我覺得有點醜陋。

可是當我看到這些以前從沒看過的景色時，也不是不能理解希望讓別人知道自己看到這些景色的心情。

「這樣啊。我也希望有朝一日如果能走出家門的話，想玩玩看 Instagram。」

「你現在不就出來了嗎。」

花子天真的發言令我不覺莞爾。

「啊，對耶。可是該怎麼說，與蓮見面的時候，就好像置身於夢境裡一樣。」

花子有些羞赧地說。

「我懂你的意思，感覺不太真實。」

「對吧。所以我才會想要拍照存證，如此一來，回去以後也能相信這一切都是真的。」

我也有同感。今天之所以來見花子，說是為了來確認花子這個人的存在究竟是不是現實也不為過。

「那我也來拍照吧。」

「好啊。」

既然如此，我希望也能把花子拍進去——我很想這麼說，但又不好意思說出口，只好從花子拍照時的同一個角度拍下風景。

接著，我們又一步一步地順著石階往上爬。

貴船神社祭祀的是水神，神社裡擺了好幾支高大的竹子，竹葉上綁著數百張水藍色、黃色、粉紅色的三色短箋，與金碧輝煌的裝飾一起迎風招展。根據從網路上得到的資訊，今天將會舉辦水祭典，晚上還會打燈。

我們先在入口處的手水舍洗手。

「短箋好漂亮啊！就像閃耀的光輝。」

洗淨雙手後，花子邊用孩子氣的卡通人物手帕擦手，邊笑著說。那條手帕比較像是小學生用的，和她的衣服不太相稱。

「我們要不要也寫些什麼呢？」

「好啊，我要寫！」

走到寫短箋的地方，各自獻上一百圓的香油錢，花子拿起粉紅色的短箋，我則是選了水藍色的短箋。

『請保佑我明年會跟蓮一起賞櫻』

看到花子寫的內容，我不解地問她：「明年會？」

「啊，真的耶。我明明想寫『明年也能』。」

花子露出有些氣惱的表情。

「要重寫嗎？」

我問花子，花子搖頭。

「不用了，不要浪費紙，而且這樣寫也沒錯。」

「是嗎。」

確實，要說沒錯也真的沒錯。

「對了，蓮要寫什麼？」

「呃……也對，該寫什麼呢？」

短箋這玩意兒，雖然不必非常認真地寫，但我也不想隨便亂寫。問題是，我該許什麼心願才好？

昨天之所以想見花子，是因為我想確定自己的心情。可是就在我想著要確認自己心情的同時，我就明白了。從一開始，從我想見花子的那一天起，我就已經明白了。隨著一次次與花子通信，在我自己也沒有意識到的情況下，我已經愛上她了。

可是活在黑夜裡的我，有什麼資格喜歡上別人？

我什麼也不是。

『保佑我從黑夜裡逃脫』

左思右想，我寫下這句話。

「好棒的心願，我也一直這麼祈禱著。」

在一旁偷看我寫的短箋後，花子這麼說著。

就是這種反應——花子這種和我有所共鳴的反應，屢屢在4.7吋的螢幕裡拯救我。

「綁在一起吧。」

「好啊。」

把寫上心願的短箋相親相愛地綁在竹葉上，只見短箋與金碧輝煌的裝飾一起迎風搖曳。

在那之後，為了參拜（其實照道理應該先去參拜的），我們走向神社境內的深處。

「咦？那個是什麼啊？」

花子指著社務所旁邊相連的池子問道。

視線前方有個愁眉苦臉的女孩子正獨自把一張紙放在水面上。我們躡手躡腳地走上前去，發現原本一片空白的紙上浮現出文字。

中間是個「凶」字。

女孩嘆了一口氣，放下那張紙，轉過身來。

我們的視線在那一瞬間交會了。她的眼神有點像花子，但是毫無精神光采。話說回來，她之所以會撇下籤紙就走，大概是非常不滿意籤詩的結果。

「抽籤嗎？好好玩的樣子。」

花子看著女孩留在水面上的紙，喃喃自語。

「這叫水占卜，好像很有名喔，要不要試試看？」

我有些得意地說，因為女生大概都熱衷此道，花子看起來也很感興趣的樣子。老實說，我就是覺得這裡的水占卜很有趣，今天才選擇來這裡。

「嗯，蓮先抽看看吧。」

可是出乎我意料之外，花子有些敬謝不敏地說。

「好啊。」

我猜錯了嗎？心裡有些不安，我向社務所領了一張上面沒有半個字的水占卜籤紙，籤紙上只印了黑色框線和願望及指引方向等注意事項。

「把這張紙泡在旁邊水占齋庭的神水裡，文字就會浮現出來。」

社務所的大嬸告訴我。

「好，謝謝你。」

神水嗎。我的心情變得略微神聖，站到凝視著池水的花子身邊。

「我放下去囉。」

「嗯。」

我輕輕地把籤紙放在水面上。跟剛才的女孩所經歷的過程一樣，當紙逐漸被水浸濕，文字也浮現出來。浮現在籤紙中央的，是「大吉」二個字。

「太好了，是大吉！」

花子歡呼。

印象中，上一次抽籤已經是小時候的事了，但這應該是我有生以來第一次抽到大吉也說不定。我也高興得像是個孩子。

「你的願望一定能實現。」

花子直勾勾地望著池水說道。

她說的大概是我剛才寫在短箋上的那個心願。

「會實現嗎？」

「會的，一定會實現！」

不知道為什麼，花子的語氣十分篤定。

「接下來輪到花子囉。」我說。

「我……我要帶回家。」

花子低垂著眉眼說。

「為什麼？」

「因為我籤運很差，萬一結果不好，我會大受打擊。難得跟你出來，我不想掃興，對不起。」

「……原來如此。那你改天再告訴我結果。」

我擠出笑容。

「嗯，我會的。」

我能理解花子害怕受傷害的心情，可是一般人會抗拒到這種程度嗎？還是花子只是說得委婉一點而已，實際上她根本不喜歡抽籤。如果是這樣的話，她剛才看到那女孩留下的籤紙，為何還會覺得有趣？

「啊，你看，有彈珠汽水！」

花子轉移話題，指著擺在池子前販賣的彈珠汽水。紅色蓋子的彈珠汽水瓶身上寫著「御神水彈珠汽水」。換句話說，這是由流進池子裡的水製成的彈珠汽水嗎？

「我也渴了，買來喝吧。」

我調整好心情附和。不需要逼花子做她不想做的事。

「那我跟籤詩一起買吧！」

她真的要帶回去嗎？只見花子買了兩瓶彈珠汽水和一張水占卜籤紙。

「給你！」

「你要請我嗎？」

「嗯。每次都是你來京都找我，我覺得很開心，只不過這完全稱不上回禮就是了。」

「別這麼說，謝謝。」

我笑著說，花子露出有些羞澀的表情，小心翼翼地折好籤紙，放進皮包裡，接著喝下一口彈珠汽水。

「哇，好好喝！蓮也喝喝看。」

我依言照做。彈珠汽水冰得透心涼，碳酸在口中彈跳，感覺癢癢的。

「嗯，很好喝。」

彈珠汽水大抵都是這種味道，但是看花子喝得津津有味，我不禁也覺得味道很特別了。

不到兩分鐘，我們就把汽水喝光了。透明的彈珠在瓶子裡叮噹作響，這個聲音感覺好令人懷念。

這時，空氣開始帶著濕氣，一滴冰冷的雨水滴落在鼻尖。

「……下雨了。」

花子抬頭仰望天空，感傷地喃喃自語。大概是想到牛郎和織女無法相會了。

「從宇宙的角度來看，一年肯定很快就過去了。」

我安慰她。

「蓮和我想的一樣呢，我也在想同一件事。」

「什麼？」

「我和蓮一樣，所以才會相遇也說不定。」

花子一瞬也不瞬地看著我說道。

這時，雨勢突然變得更激烈了。

「啊——先找個地方躲雨吧，剛才好像有一家感覺還不錯的咖啡廳。」

今晚不用打工，所以我不用急著趕回東京。

「嗯……好想去……可是我得回家了……在外面待太久會不舒服……你特地花錢坐車來找我，我卻只顧著自己，真對不起。」

花子一臉歉意地垂下眼睫說道。

「啊，這樣啊……說的也是，沒注意到真不好意思，那我送你到京都車站吧。」

我趕緊打圓場。因為花子笑得太可愛、太燦爛了，我都忘了她曾經發生過不愉快的事，才會躲在家裡。

「嗯，謝謝。抱歉。」

在那之後，雨勢一發不可收拾地敲打著地面。坐在從貴船車站開往京都車站的電車上，花子的表情始終陰霾遍布，話也變少了，一副只想趕快回家的模樣。

當我們好不容易冒雨回到京都車站，在票閘口道別時，花子笑著說：「改天再約吧。」

「嗯，一定。」我點點頭，始終不明白花子在想什麼。

坐在返回東京的新幹線上，我從背包裡拿出水占卜的籤紙。都二十五歲了，還為人生第一次抽到大吉樂得手舞足蹈。而且還沒綁在樹上就直接帶走。

可是定睛一看，紙上已經一個字都沒有了。大概是用了什麼特殊的墨水，乾掉後就會消失。

感覺就跟今天一樣。

與花子見面的時光就像一場夢，當下明明色彩繽紛，但只要一回到東京就變成黑白的。

我嘆口氣，打開手機的相簿，裡頭是幾小時前拍下的貴船神社。在風景的一角還捕捉到花子不小心被拍進去的手。與花子見面的事——是無庸置疑的現實。

這時，我猛然想起。

我又忘了告訴她關於《花物語》的事。

之所以沒一次記得，無非是因為光是花子在自己身邊，我就無法再思考別的事。

我喜歡花子。

可是總覺得哪裡不太對勁。內心的的確確是喜歡她的——卻沒有真實感。

難道是因為我們不是在現實世界裡認識的？

還是因為今天也只是我們兩個第二次見面而已？

找不到答案，我將文字已然消失的水占卜籤紙夾進《花物語》裡。這陣子不管走到哪裡，我都帶著《花物語》，或許是因為我認為《花物語》是我和花子的紅娘。

Kako〉蓮，謝謝你來找我。我玩得很開心。回家路上一切小心。

Ren 〉我也很開心。花子說的沒錯，拍照留念真是明智之舉，我終於可以覺得我們是真的見到面了。
Ren 〉對了，水占卜籤紙的字不見了。好像乾了就會消失。
Ren 〉別忘了告訴我你的籤紙寫了什麼喔。

我回傳訊息給花子，確定身後沒有乘客後，放倒椅子，再靠在椅背上，心不在焉地盯著四方形窗子的外頭。

街道被雨淋濕，夜幕逐漸籠罩大地。我愈來愈睏，一直盯著這個沒有人認識我的世界，直到列車抵達東京。

＊

嘩啦啦啦啦。嘩啦啦啦啦。

耳邊傳來片刻不停的雨聲，但其實並沒有下雨，是我做了一場夢。

這裡是哪一座神社？感覺我好像知道，但其實並不清楚。

我身旁站了一個男生，大概比我高十公分。
我不知道他是誰、也看不清他的長相，但我知道他肯定長得很帥。
眼前有一座池塘。
周圍的石頭長滿了苔蘚，是個很神聖的池塘。
我和男孩彷彿著了魔似地盯著那座池塘看了半晌。
突然，墨汁般漆黑的液體在池塘裡擴散開來，浮現出以下的文字。

再　這　樣　下　去　真　的　好　嗎　？

嘩啦啦啦啦。嘩啦啦啦啦。
隨著文字浮現，現在不光只有聲音，四周也開始下起前所未見的滂沱大雨。
我大吃一驚，將目光轉往身邊，只見男孩在滂沱大雨中飄搖。
我知道他要消失了。
怎麼辦？該怎麼做才好？
與焦慮的心情成正比，雨愈下愈大。另一方面，男孩的身影眼看著就要被暴風雨擄走。

我下意識伸出手。

「等一下……」

可是因為我太久沒開口說話，只能發出呼吸般的微弱音量。

我抓不住他。就在男孩消失的同時，四周突然放晴，剛才的滂沱大雨就像騙人的一樣。

然後——我一個人孤零零地站在那不可思議的池塘前。

跟平常關在家裡的時候一樣，素著一張臉，頭髮亂七八糟，穿著皺巴巴的鼠灰色運動服。反正男孩已經消失了，打扮成怎樣根本不重要。

比起這件事，剛才浮現在池塘水面上的文字到底是什麼意思？

為了確認，我再度望向池塘。

但是水面上的文字已經消失了，只剩下一張寫著「凶」的籤紙在漂浮著。

——誰要這種東西。

我撥開寫著「凶」的籤紙。

這麼一來，波光搖曳中，自己的模樣倒映在池子裡。

我不由自主地倒抽了一口氣。

——你是誰……？

＊

撲通，撲通。花子在高亢地幾乎像是另一種生物的心跳聲中醒來。

花子的身體，正倒在冰冷的地板上。

在這個熟悉得不能再熟悉的房間裡，她還是獨自一人。

四周靜寂無聲，彷彿整棟屋子都沉在大雨釀成的深海底。

她沒有看完蓮傳來的訊息以後的記憶。又來了……大概又昏過去了吧。花子戰戰兢兢地抓起掉落在手邊的手機，確認手機顯示的時間。

七月八日深夜一點。

這表示自己又睡過了一天。

花子感到不寒而慄，同時也感覺到胸口湧起一股「該不會又和蓮見面了」的期待。

因為她做了一個莫名真實的夢。

那座神社到底在哪裡？真的存在嗎？而且她非常在意浮現在水面上的文字和那張籤紙究竟代表什麼意思。

還有，最後倒映在池子裡的人究竟是誰？

有一瞬間，她以為是自己，但那個女孩長得**如花似玉**，不可能是自己。

花子一頭霧水地再次望向手機，解鎖，移到主畫面，螢幕出現蓮傳訊息給她的通知。明明不記得自己曾回信，但蓮也不太可能主動傳訊息過來。花子深呼吸，點開了 flower story。

Kako 〉蓮，謝謝你來找我。我玩得很開心。回家路上一切小心。

Ren 〉我也很開心。花子說的沒錯，拍照留念真是明智之舉，
我終於可以覺得我們是真的見到面了。

Ren 〉對了，水占卜籤紙的字不見了。好像乾了就會消失。

Ren 〉別忘了告訴我你的籤紙寫了什麼喔。

看到訊息視窗，花子一口氣噎在喉嚨裡。

果然——自己又和蓮見面了。

還寫下了一點印象也沒有的訊息。

花子不得不開始面對自己真的在夢遊的狀態下回信、與蓮見面、甚至還與蓮聊天的現實。可是……這實在很難以置信。

照片又是怎麼回事。難不成拍到蓮了……

花子又期待又怕受傷害地點開相簿。

最新的一張照片，是花子根本沒有印象的照片。

好像也不是螢幕截圖的風景照。

照片中的景色不是在街上拍的，而是某個綠意盎然的地方。有座石板路的階梯和石階兩旁掛滿的紅色燈籠。

好像在哪裡看過這個畫面，大概是在網路上吧。花子努力回想。沒有鳥居，所以應該不是伏見稻荷。明明就快要想起來了，偏偏缺了臨門一腳。

但實際上也根本不需要回想，花子檢查了照片的詳細資料。

【七月七日十五點十五分貴船】

——貴船神社。

想起這個單字的瞬間，鮮明的影像又開始有如涓涓細流般注入花子腦海中。大型的竹子與粉紅色、黃色、水藍色等各種顏色、隨風搖曳的短箋，細細長長的紙上承載著芸芸眾生的願望。

還有，裡面這座周圍岩石長滿苔蘚的神祕池塘，無疑就是剛才夢裡的池塘。那不是在網路上搜尋到的照片，而是真實的畫面。恐怕是某個人……不對，就是自己的記憶。

我果然有夢遊症嗎？

花子嘆息。

即使毫無意識，但是以這麼邋遢的模樣去約會，真是丟臉丟到北冰洋去了。

可是從訊息的內容看來，蓮並不討厭自己，反而還很喜歡她的樣子。

花子實在無法理解蓮為什麼不會討厭自己，感覺這一切都充滿了謎團。

不管怎樣，現在喉嚨好乾，花子想要喝點清涼的飲料。突然好想喝彈珠汽水，可是冰箱大概沒有這種東西。

為了下到一樓的廚房，儘管頭痛欲裂，花子還是從冷冰冰的地板上坐起來。身體好重，彷彿有什麼東西壓在肩膀上。明明一直在睡覺（如果是夢遊症，或許一直醒著），卻又睏得不得了。花子搖搖晃晃地站起身，打開電燈。

當房間變亮，從小學就一直鎮座在房裡的書桌正中央有張紙映入眼簾，彷彿在強調自己的存在，要花子看它。

走近一看，紙上寫著【水占卜籤紙】，籤紙上雖然有【方向、健康、生產、戀愛、願望、遷徙、失物、經商、求學、旅行】之類的項目，卻沒有內容。

水占卜籤紙……

花子愣了一下。

剛才蓮傳來的訊息確實提到水占卜籤紙，還說「字不見了」。

還有夢裡看到的畫面。那座不可思議的池塘上漂浮著一張紙，紙上寫著「凶」字。既然是水占卜，不難想像只要碰到水，字就會浮現出來，乾了就會消失。

也就是說，這張籤紙……該不會是我抽到，帶回來做紀念的東西？

可是蓮要我告訴他籤紙上寫了些什麼。

難道跟夢裡不同，我最後沒有放進池塘，而是把這張水占卜籤紙帶了回來？

——為什麼？

再 這 樣 下 去 真 的 好 嗎 ？

這時，花子眼前突然浮現剛才夢裡出現在水面上的文字。

據說夢具有處理記憶的機制，同時也是自己的潛意識。

既然如此，這句話或許是在問她——一輩子就這麼足不出戶真的好嗎？

花子頓時被一股憂鬱的心情包圍。

……我也不想終其一生關在這個小房間裡。

可是我更不想再受到任何傷害。

與其受傷，我寧願躲在房裡睡覺。

明明已經過了三年——花子依舊困在這種情緒裡。

「唉……」

感覺就像沉在水中，連呼吸都變得好困難，花子久違地打開窗戶，讓潮濕的空氣湧入。

在不可思議的夢境裡始終下個不停的雨聲，已經徹底消失了。

第六話

水母

水母被人工的藍色光線照亮，漂浮在 Instagram 的時間軸上。

明明應該累積了相當大的壓力，水母卻彷彿腦中空無一物，只是輕飄飄地在白色、紫色、粉紅色光線之間變來變去的水槽裡自在悠游。

一如世界明明如此寬廣，卻哪裡也去不了的我。

「咦，雨下先生，你有玩 Instagram 啊？」

正在為貼文按下愛心的瞬間，蒼森不知何時站在我背後窺看我的手機，大大的眼睛睜得更大了。

「沒，只是最近會稍微看一下。」

自從蒼森過完十八歲生日，可以工作到十二點以後，我們的班表就會重疊兩個小時，因此聊天的機會也增加了。

「是噢，既然都申請帳號了，怎麼能不發表文章呢！你看，我有很多追蹤者喔。」

蒼森從制服口袋裡掏出手機套上印有草莓牛奶盒圖案的手機，打開自己的 Instagram 帳號，得意地秀給我看。

「追蹤人數一萬人!?」

人數遠遠超出我的預料，我不禁大聲嚷嚷。有一萬個追蹤者，幾乎是名人的等級了，說不定有些看到蒼森後露出大驚小怪神情的客人，就是她的追蹤者。

「對呀，自從我開始上傳自己做的衣服、搭配以後，追蹤者就慢慢增加了。很難想像網路的另一頭有一萬個人關注我對吧。而且我在學校是被大家討厭、沒有半個朋友的人喔，真是太搞笑了。」

蒼森一邊說笑似地說著，然後應該是剛剛偷看我手機時注意到的，她迅速地搜尋到我的 Instagram 帳號，飛快地按下追蹤鍵。

「喂，慢著，你說你在學校沒有朋友是真的嗎？我還以為蒼森你是很受大家歡迎的人。」

「欸？才沒有呢，經常有人說我不懂得察言觀色，又愛出風頭，認為我腦筋有問題。」

「呃……你不在乎嗎？」

這麼想來，硬要說的話，蒼森的確不太善於察言觀色，但是她口中的校園生活與我的想像差了十萬八千里，我不禁困惑起來，也有點擔心。

「不在乎！因為我也不想跟現在的同學交朋友，大家都太土也太平凡了。更何況，被自己沒興趣的人討厭既不痛也不癢，雨下先生不這麼認為嗎？」

「……咦？」

「因為我總覺得雨下先生跟我是同一個世界的人，感覺你對旁人也沒興趣。」

蒼森眨著人工的假睫毛，洋娃娃般的臉蛋浮現出滿臉笑意，說得斬釘截鐵。

「我……」

以她的個性，大概只是隨口說說，但我還是第一次被問到這種問題，不由得感到驚慌。因為她說的沒錯，我的確對誰都不感興趣。但是與蒼森不同的是，我明明沒有喜歡任何人，卻又異常地害怕自己會被其他人討厭。

「啊，糟了，有客人！我去結帳了。你要利用休息時間追蹤我的 Instagram 喔。」

蒼森對我肯定也沒有多大的興趣，只見她匆匆地衝向櫃台。

我邊尋找已經不需要回答的答案，同時也找到了蒼森埋在有如調色盤打翻的照片裡的帳號，按下追蹤鍵。

＊

十月的最後一天，花子在每次約定的地方等待。

米白色薄風衣外套、黑色針織衫、蘇格蘭格子裙、深咖啡色短靴的服裝十分具有秋天氣息。不同於喜歡打扮得標新立異的蒼森，明明街道上充滿了穿著大同小異的可愛女生，卻只有花子的身影特別立體，彷彿這個世界有個特殊的濾鏡在烘托著她。

「謝謝你又約我出來。」

攏了攏被風吹動的秀髮，花子笑著說。她的身上總是散發出好聞的洗髮精香味，好像剛在美容院做完頭髮。

「我才要感謝你來赴約。」

在時間剛跨過換日線的黑夜，蓮突然提議要不要去水族館，而花子也二話不說地答應了。明明在平常的訊息往返中，花子都會盡量避開這方面的話題，彷彿兩人根本沒見過面、沒說過話，但眼前的花子笑得那麼開心，好像對這一天望穿秋水。

「今天好冷啊。」

花子說道。

「嗯，前陣子還很暖和，感覺突然就變成冬天了。」
「季節都是突然變換，像是一夜之間從冬天變成春天。」
「最近四季的界線的確變得不明顯了。」
「可是這樣比較好也說不定，因為突然開始的事物總是比較浪漫，有如命中註定。」
花子仰望天空，悠然神往地說。
什麼是命中註定？
我凝視花子的側臉，覺得有一點點不太對勁。
「你相信命運嗎？」
我情不自禁地問花子。
「嗯，我相信。」
花子直勾勾地看著我的臉，點頭回答。
「蓮相信命運嗎？」
我不禁沉默下來。
我沒想過這種事，但我曾經認為如果所謂的命運真的存在，無疑是非常悲傷的東西。但是從花子口中所說出的命運，我卻能對它的光燦耀眼深信不疑。
就在我思緒未清時，一陣冷風從我和花子之間吹過。
「哇，今天真的好冷，我們快點去水族館吧！」
花子用有點誇張的態度說著，大概是為了轉移話題。
「啊，嗯。從這裡走過去大約十五分鐘，要用走的嗎？還是搭公車？」
我在仍因自己內心的焦慮不安而呆滯的狀況下提議。
「如果蓮覺得可以的話，我想用走的。」
「嗯，我也想用走的。」
「太好了。」
「那我們走吧。」

如同網站上的交通路線所寫，我們走了約十五分鐘就抵達了京都水族館。
「哇！有好多大山椒魚！」
「全都擠在角落呢。」
「嗯，是為了要取暖嗎？全都擠在一起超可愛的。」

踏進水族館，我和花子就跟周圍的親子或情侶一樣，在同時也是京都水族館吉祥物的大山椒魚區欣喜地叫嚷著。

大山椒魚絕非是什麼可愛漂亮的生物，但因為是特別天然紀念物，總覺得有點神聖。其他水族館大概也沒辦法一次看到這麼多大山椒魚。

「對了，這麼說來，花子講話都沒有京都腔耶。」

花子那句平常聽不習慣的「超」字從剛才就一直縈繞在耳邊，我不禁說道。

「嗯，因為我爸媽都是東京人，多多少少會聽到『超』這個字。」

「這樣啊，令尊令堂是東京人啊，現在全家住在京都嗎？」

「嗯，我現在和母親一起住。我沒見過父親。以前家裡好像還有姥姥，但我沒什麼印象了。」

花子回答得雲淡風輕，彷彿在講別人的家務事。

「這樣啊……」

家家有本難念的經，花子的家庭環境看來也很複雜。

「蓮家裡有誰？」

「大學畢業前都和我爸相依為命，不過現在是一個人生活。」

我這麼回答，同時腦海中也浮現出離家時，老爸那與平常截然不同、縮成一團的背影。

「這樣啊，已經沒住在一起啦？」

「嗯，因為我爸不太喜歡我。」

明明已經不在意了，但是一說出口，胸口還是難免隱隱作痛。

「……欸？怎麼會？蓮明明是個好孩子。」

花子偶爾會說出這種令人害羞的台詞。或許是看了很多小說，所以能很自然地說出這種情溢乎詞的話，但還是有點不好意思。

「才不是你說的那樣。走吧，去下一區。」

我催促她前進。從來沒有人說過我是個好孩子，我怕花子再說下去，我的心臟會承受不住。

順著導覽路線往前走，我們來到館內最大的水槽，裡面一大群閃閃發光的沙丁魚游來游去的畫面，也有出現在京都水族館的視覺海報上。

被那龐大的數量震撼到，我與花子佇足在水槽的正前方，一時半刻說不出話來，就這樣望著無數生物擠在狹小的世界裡生活的模樣。

「我問你喔……你喜歡什麼樣的女生？」

花子凝望沙丁魚反射著光線的鱗片，沒頭沒腦地問道。

之所以覺得今天的花子跟平常不太一樣，大概因為說出口的話，都是花子在平常的訊息裡都不會說的內容。

或許也有些話只有在現實世界裡才說得出口吧。我也是這樣。因為訊息難免會留下證據，這點有好有壞。而且文字無法表達細緻的情感，尤其是告白之類的話語更不該用訊息表達。不過就算在現實世界裡，目前還在黑夜裡徬徨的我也沒有資格發表意見。

「我想想……大概是遣詞用字很誠懇的人吧……」

然而脫口而出的答案明顯是在形容花子。

「嗯……我也有同感。」

大概不知道我說的就是她吧，花子開心地頻頻點頭，我只好報以哀戚的微笑。

接著我們走到水母區，這區似乎很熱門，有好多人都聚集在這裡。

「哇！」

花子衝向有如幻想世界的水槽前。

我也隨後跟上。

水母正輕飄飄地浮游在圓形的水槽中。據說水母的體內有百分之九十九都是水分，既然如此，水母的一切豈不是濃縮在那僅存的百分之一裡嗎？

人類的身體也有百分之七十是由水分構成，所以我的一切只占了百分之三十。從這個角度來看，人和水母其實也沒有太大的差別。

「好美啊，好像沒有生命的物體。」

花子說道。

「嗯，反而水才像是有生命的東西。」

我用手機拍下水母。

受到蒼森的影響，我今天也打算把和花子一起看的水母上傳到Instagram。

並非是想吸引別人按讚，只是覺得如果能一點一滴地做出改變也不錯。

而且和花子在一起的時候，我就感覺到自己還活著。並非想炫耀什麼，只是希望將這種感覺保存下來。

「啊，蓮的手機和我是同一種型號。」

花子說道，掏出自己的手機，巧的是顏色還不一樣。我之前都沒留意到。

「我四年前就開始使用這支手機，所以電池快不行了。」

「我也是，可是不覺得這有什麼問題，真不可思議。反正也沒有要打電話給別人。」

「對呀。因為我一直待在家裡，隨時都可以充電，而且只有蓮會傳訊息給我。」

此時此刻，正是問她為什麼關在家裡的好機會也說不定。

「那個……」

「什麼事？」

但是比起這個，我更在意另一件事。

那就是只有我會傳訊息給花子這件事。

「你當時為什麼願意回訊息給我？」

「……因為我很開心。因為從來沒有人說要和我交朋友。」

「我再請教一個問題……花子只有我一個朋友嗎？」

「嗯，只有你喔。自從蓮成為我的朋友，花子的世界就亮了起來。」

花子泰然自若地說道，反倒是我不好意思了。而且我又注意到一件事，花子是那種會以名字自稱的女孩嗎？

「這樣啊……謝謝。」

「那蓮又為什麼想見我呢？」

——為什麼呢。當時因為《花物語》這本書，我才會覺得Kako真實存在於這個世界上，而且我想告訴她關於《花物語》的事——。

對了……我還沒告訴她。

我認識《花物語》的作者……

可是這件事適合現在說嗎？

「啊，抱歉，我可以去一下洗手間嗎？」

我沉吟了半晌，花子一臉尷尬地說。

「嗯，可以啊，我在這裡等你。」

又害花子費心幫我找台階下了。明明只要回答「因為我想見你」就好，而且這也不算謊話。

我嘆了一口氣，將身子靠在牆上，面向花子不在的水槽，打開Instagram。

只有二十五個追蹤者，其中三個還是不認識的人，剩下都是高中、大學時代的朋友，以及上禮拜才開始追蹤我的蒼森。

說是朋友，但我只是——不想被討厭，所以才對每個人低聲下氣。既然如此，為什麼我現在還要繼續對見都沒見過的人按讚呢？

想不通就不要想了。我稍微加工一下剛才拍的水母照片，上傳到Instagram。

水好像有生命一般。＃京都水族館　＃水母

只有一張照片和簡單的文字。比較自己上傳的照片和水槽裡的水母。在這麼刺眼的光線下，承受所有人的眼光，在這麼狹小的空間度過短短一年半載的生命，水母真的幸福嗎？還是水母不像人類，沒有幸不幸福的概念？

據說當水母走到生命盡頭的時候，就會溶解。

是一寸一寸地逐漸消失，還是啪的一聲像泡沫破掉呢？溶解之後會跟水一起繼續在水槽裡徬徨嗎？

只能在社群網站上貼文的人生，和從不在社群網站上貼文的人生，究竟哪邊比較空虛呢？

*

感覺好不可思議的夢境，彷彿掌心裡抓住一大顆由水所構成的球體——。
知道自己在做夢，知道自己置身夢境，或許就不是夢了也說不定。
我在一片晶瑩剔透的微型海洋裡，四周是壓克力的板子。
因為是夢裡，所以在水中也能呼吸。
走了一段路，發現有個男生正在載浮載沉地游泳。
那是七夕當天，出現在我夢裡、又消失在雨中的男孩。
又見面了。原來他在這裡。
我心花怒放地游向他。
靠近到幾乎可以摸到對方的距離時，開始出現了無數的魚悠游在我們身邊。
是一大群沙丁魚！
彷彿散落水中的鑽石，璀璨生輝。

「好美啊。」

我對男孩說。

那一瞬間，大量海水湧入口中，令我呼吸困難。

「你真的是花子嗎……？」

男子輕聲問我。可是聲音在水中難以傳達，我聽不見他在說什麼。

「什麼……？」

我掙扎著拚命反問。

就在這一刻，好像是上帝來接我了，陽光照射進來，眼前一片模糊。

少女時代上游泳課時，我曾經很好奇，從水裡看到的光線為何如此美麗。

意識逐漸離我遠去，我伸出手，握住那束光線。

＊

結果我還是沒告訴她《花物語》的事。

「下次再約喔」臨別之際，我在剪票口向花子揮手道別，花子也開心地點點頭，朝我揮手。

我其實想多待在花子身邊一會兒。

但大概是長時間待在外面很吃力的關係，隨著夕陽西下，花子的表情也愈來愈不安。

Kako〉很高興能再見到你。

Kako〉水母好美啊，早知道應該要拍下來。

我在回東京（現實）的新幹線上瀏覽花子傳來的訊息，想起自己在 Instagram 上傳了水母的照片。

打開 Instagram，有七個人按讚，還收到三個留言。

@hachico 蓮，你好嗎？

@nanamin 水母好漂亮！

耳邊響起與學生時代沒什麼變化的聲音。

那天被蒼森問完之後，我一直在思考。

當時我為什麼不想被毫無興趣的同學討厭呢？如今又為什麼要對不主動約就不會見面的朋友貼文繼續按讚呢？

我想——我肯定是害怕。

害怕自己在沒有人知道的情況下溶解在黑夜裡，變得無色透明。

之所以希望能被所有人喜愛，之所以深怕被討厭，無非是因為我一直……一直都很孤單。

＊

回到品川時，已經過了晚上八點了。

先回家一趟再去打工也來得及，只是今天睏到可能前腳踏進房門，後腳接著跨進去就會睡著的程度，太危險了。但就算不回家，也得找個地方休息，於是我走進眼前看到的星巴克，點了中杯的熱摩卡咖啡。星巴克總是高朋滿座，在店內走來走去找空位時，一張熟悉的臉映入眼簾。

「井浦先生。」

同時我也忍不住出聲叫住他。

「啊……雨下老弟。」

井浦先生的頭髮比先前一起工作時更加蓬亂，桌上擺著看上去已經有點年紀的銀色筆記型電腦。

「好久不見了。」

我邊說邊自顧自地在井浦先生面前的空位坐下。

「嗯，好巧啊。」

井浦先生說。我不經意想起學生時代在漫畫上看到「世上沒有所謂的偶然，有的只是必然」的句子。話說那本漫畫是哪部作品來著？真讓人在意啊。

「你正在寫作嗎？」

「對呀……可是說來慚愧，辭職以後，我什麼也寫不出來，就連現在也不知道該寫些什麼。只想好要寫戀愛小說，但寫什麼都感覺不太對，唯有截稿期限愈來愈靠近了呢。」

井浦先生以前所未有的凝重表情說道。這大概是我第一次聽到沉默寡言的井浦先生發牢騷，可見他真的很苦惱。

「這樣啊。雖然我很少看小說，但《花物語》非常精彩喔。」

我想稍微給他一些鼓勵，但這絕不是場面話。我記得看完《花物語》時，被主角戀情修成正果的結局感動得不得了。

「謝謝。可是那個故事……其實是獻給某個人的作品。」

「獻給某個人？」

「嗯，獻給我女兒。」

「欸，井浦先生結婚啦？」

我大吃一驚，聲線不由得高了八度。或許這麼說很沒禮貌，但他看起來一點都不像有家室的樣子。

「不，我沒有結婚，或者該說是我結不成婚。因為我無法放棄成為小說家的夢想，所以婚事遭到對方父母反對。但夢想終究是虛無縹緲的。我真的很希望自己變得討厭小說，如此一來或許就能得到平凡的幸福。」

井浦先生說話的速度有點快，像是在懺悔。

「平凡的幸福……你指的是什麼樣的狀態呢？」

我也不知道自己為什麼要提出這個問題，但就是很想知道。

「我只想跟心愛的人一起生活，光是這樣就很幸福了。」

井浦先生斬釘截鐵地說完，輕聲嘆息。

「你見過令千金嗎？」

「她一生下來，我和孩子的母親就分開了，所以大概已經有二十年沒見過面了。但對方經常寫信給我，讓我知道女兒的近況。女兒好像很愛看書……我寫《花物語》時，女兒剛滿十七歲……要是女兒能看到我寫的書就好了。」

井浦先生笑得溫柔似水，想必他到現在還深愛著對方。

「這樣啊……」

我有點在意，但也不好再繼續追究下去。

「對了，雨下老弟……你上哪去了？」

「哦，我去了京都一趟。」

「京都……去觀光嗎？」

「呃……去見我喜歡的女生。」

之所以能一五一十地回答，大概是因為井浦先生也很坦承地對我說出自己的事。

「聽起來好浪漫啊……可以請教對方是個什麼樣的女孩子嗎？」

「就是上次也跟井浦先生提到過的，那個告訴我《花物語》這本書的女生。我們在網路上認識……她平常好像把自己關在家裡，只有要和我見面時會試著努力踏出家門。我今年二十五歲了，但這是我有生以來第一次喜歡上別人，很奇怪吧。」

或許是因為第一次將這份感情訴諸語言，胸口顫抖到疼痛的地步。

所有肉眼看不見的東西一旦訴諸語言，或許就會變成現實。半年前也是，當我告訴井浦先生《花物語》的事，才感覺花子確實存在於這個世界上。

「不奇怪啊。因為打從心底喜歡一個人是命中註定的事。我也只愛過我女兒的母親。」

井浦先生回答得很自豪。

「命中註定……」

我一直不明白這句話是什麼意思，但又覺得自己好像知道了，這是為什麼。

「沒錯，命運不由自己。」

心臟跳得好快。

「那個……方便的話，可以告訴我你的故事嗎？我覺得自己好像找到想寫的東西了。」

或許從我遇見井浦先生的那一刻起，就在等他說出這句話。或許我也想告訴別人，自己在幾億分之一的機率下遇見花子的奇蹟。

「可以啊，但是要給我你的簽名做交換。」

從實招來也很不好意思，所以我提出交換條件，從包包裡拿出《花物語》。

「要簽幾本都可以。」

看到我拿出來的書，井浦先生微微一笑。雖說是自己的作品，但是看到有人活像戀愛中的少女，隨身帶著給少女看的小說，肯定很可笑吧。

「麻煩你了。」

我有些難為情地把書遞出去。

「要寫上你的名字嗎？」

井浦先生接過書問道。

「啊……可以請你寫『給花子』嗎？」

「咦……?」

他沒聽清楚嗎。

「給花子。《花物語》的花,孩子的子。」

「……姓什麼?」

「這麼說來,我也不知道她姓什麼。總之只要寫上花子就行了。」

「好,我明白了……花子嗎……真是個好名字。」

井浦先生輕聲細語地說著,接著從外套胸前口袋取出筆,翻至蝴蝶頁的部分,一筆一劃地仔細簽下名字。

「這樣可以嗎?」

「可以,我想她一定會很高興的。」

光是有作者的簽名,就成了絕無僅有的一本書。等我把書拿給花子時,那一刻肯定會變成特別的瞬間吧。

「那麼事不宜遲,可以請你從你們相遇的契機開始說起嗎?」

活在現今這個時代,每個人都只讓別人看到生活中璀璨耀眼的部分。

可是每個人或許都在水面下痛苦掙扎著,拚命尋找璀璨耀眼的瞬間,就算只有一瞬間也好。

——蓮相信命運嗎？

花子問我這個問題的聲音，直到現在仍迴盪在耳邊。

簡直就像是灌進耳朵卻又流不出來的水，歪著頭也倒不出來。

我看到井浦先生彷彿沉入水中，在聽不見聲音的世界裡露出隨時都要哭出來的表情，看來他真的很困擾，於是我也不管打工就要遲到了，向他娓娓道來喜歡上花子的經過。

＊

呼吸困難到彷彿要溺斃的感覺令花子醒來。

不用看錶也能感受到時間正落在深沉的黑夜。

花子把手伸向照亮四坪空間的橘色燈泡。

掌心裡還殘留著做夢的感覺。

不——不對，這不是夢的觸感。

花子握在手中的不是水所構成的球體，而是別的東西。

慢慢地張開雙手，只見一個圓形物體在掌心裡不斷變色，閃閃發光。原來是個會發光的吉祥物手機吊飾。

花子不解地歪著脖子。

這個玩偶到底是以什麼生物為原型？

蠑螈？青蛙？還是蛇？都很像，但都不是。

花子握緊不知道是啥玩意兒的手機吊飾，拿起了被丟在地上的手機。

尚未解鎖的畫面顯示出的日期，是十一月一日，果然又過了一天。

Ren 〉你如果有空，明天要不要去水族館？

花子沒有昨天收到這個訊息以後的記憶。

難不成我真的和蓮去了水族館——。

花子覺得這個「難不成」逐漸變成事實。

因為手機的待機畫面是一張不記得自己拍過、被藍色光線照亮的水母照片。

雖然沒有收到新的通知，但伴隨著強烈的預感，花子打開flower story並點選了訊息功能。

Kako〉很高興能再見到你。

Kako〉水母好美啊，早知道應該要拍下來。

Ren〉我也很高興。

Ren〉我傳照片給你，你能收附加檔案嗎？

Kako〉哇，謝謝！我要設成桌布。

視窗裡充滿了不記得自己寫過，也不記得收到過的訊息。

從這些對話可以歸納出來——待機畫面的照片大概是蓮拍的。因為她收到蓮用附加檔案寄來的照片，所以應該沒錯。該說是開心，還是不舒服呢……愈想搞清楚，腦袋愈是混亂。

花子嘆了口氣，關掉手機畫面，然後打開星象儀，關上了燈，獵戶座在立刻變成宇宙的天花板大放光明。窗外已經可以聽到冬天的腳步聲，或許冬天已經來到了窗外。

「蓮……」

花子凝望著那些說穿了只是光線的星星，喃喃自語。好久沒聽見自己的聲音了。

光是喊出蓮的名字，胸口就疼痛到幾乎要暈過去。光是訴諸語言，蓮的存在就逐漸變成了現實。

當花子喊出這個名字的瞬間，她確定了一件事。

在沒有意識的情況下──我和蓮見面了。

即使是夢遊症，若是只發生一次也就算了，但是實在很難相信這種事會接二連三地發生，也不明白是什麼原理。

可是不知道為什麼，花子認為現在這樣想反而自然。

「唉……」

之所以又嘆了一口氣，無非是因為這個事實太令人無奈。

因為我又沒有見到蓮的實感──。

花子感覺十分惆悵，一直盯著星象儀的光線，直到睡著。

彷彿像是要證明蓮的存在一般，那個不知道實際上到底是什麼的玩偶，始終都在掌心上持續地閃閃發光。

第七話

告白

那件事發生時——是在我十歲的時候。

「花子，一起回家吧。」

「好啊，一起回家。」

當時和好姊妹由香里手牽手一起回家是我每天的樂趣。由香里臉小小的、眼睛大大的、個子瘦瘦的，很像莉卡娃娃，是全學年最可愛的女孩。家境大概也很富裕，總是穿著雜誌上的流行服飾，每個人都想和她交朋友。

可是不知道為什麼，由香里卻讓我當她最好的朋友。

我是個不起眼的學生，還很笨嘴拙舌，班上同學沒有人想坐在我旁邊，可是由香里卻特別喜歡坐在我旁邊，還曾經在換座位的時候特地跟別人交換位子。遠足時也每次都約我一起吃便當。

我最喜歡天使般的由香里了，也打從心底崇拜她。

所以那一天，我才會覺得自己從天堂跌入了地獄。

「由香里，早安。」

我穿上紅色的連身洋裝，一看到由香里的背影就衝過去，拍了拍她的肩膀，希望能聽到她稱讚一聲：「哇！好漂亮的洋裝啊。」

可是由香里卻使勁甩開我的手。

「救命啊！是廁所裡的花子小姐！不要靠近我！」

由香里看著我的臉，活像看到真正的幽靈，一臉鐵青地尖叫，逃命似地衝出教室。班上同學都覺得很好笑，吃吃竊笑。剛才出了什麼事？我完全不清楚發生了什麼。腦子裡一片空白，從後面追著由香里。

「怎麼了……？」

好不容易追上她，我用力抓住由香里的手臂。

可是由香里又甩開我，驚聲尖叫：「放開我！離我遠一點！不要詛咒我！」紅色百褶格子裙隨風翻飛，跑得離我愈來愈遠。

誰會詛咒她啊……？

那一瞬間，我還以為自己死掉了，還是由香里突然被什麼東西附身。

「花子，我們要一直當好朋友喔。」

我們明明那麼要好。直到昨天，她都還笑容可掬地這麼對我說。

這時，第一節課的上課鐘聲響起，我拖著有氣無力的腳步回到教室，幸好老師還沒來。可是當我一走進教室，所有人看到我就一起「哇！」地尖叫起來，還嚷嚷著：「廁所裡的花子小姐，請不要詛咒我們！」
心臟險被撕裂，身體也動彈不得。我就這樣愣在門口，聽著哄堂大笑逐漸響遍整個教室。
「你們在吵什麼？還不趕快坐好！」
姍姍來遲的老師並未發現無數的笑聲都是衝著我來。
後來即使在課堂上，其他同學也都興高采烈地私下竊笑，偷偷摸摸地觀察我的反應。
我很快就意會過來，這件紅色洋裝和不起眼的長相、曬再多太陽也曬不黑，頂多只會泛紅的雪白膚色，再加上花子這個名字，完全符合校園七大怪談之一的「廁所裡的花子小姐」。
早知道就不穿這件衣服了。
我後悔莫及地在內心深處祈求，如果這是一場惡夢，但願能快點醒過來。
可是這個惡夢遲遲無法清醒，由香里與昨天判若兩人，變得和其他同學一樣，只會盯著我偷笑，放學後也不再找我一起回家。
後來一整個月，從教室、走廊，再到校門口，只要我人一出現就會有人大聲尖叫的遊戲流行了好一陣子。就算我強調自己不是花子小姐也沒用。對還是小學生的我來說，那個月漫長到彷彿永無止盡，好像會永遠持續下去。

然後是另外一天——發生在「廁所裡的花子小姐」事件即將被遺忘的冬天。潔白的雪花從天而降，飄落在地面，如紙張般一頁頁地堆疊起來。

「花子，一起回家吧？」

正要走出校門，有個人相隔好幾個月後又叫了我的名字。

回頭一看，由香里站在我跟前。

因為事出突然，讓我嚇得發不出聲音。

所以一時半刻沒辦法反應。

「怎麼啦？」

由香里側著頭笑了，跟以前一樣，彷彿什麼事也沒發生過。

這應該是我的台詞吧。我有好多問題想問由香里，為什麼要說我詛咒她？為什麼要跟大家一起笑我？為什麼？為什麼？我們明明那麼要好。

可是我一句話也說不出來。

早上忘了戴手套出門，光是站著，手就逐漸冷得跟冰塊一樣。
一時之間，我們只是大眼瞪小眼地面對面站著。
「當我沒說。」
由香里一臉受不了的樣子，冷冷地說。
心臟痛得快裂開了。
……等一下。
我想攔住她，但聲音還是發不出來。
我再將手伸向由香里漸行漸遠的背影，但已經碰不到她了。

從此以後，由香里再也不跟我說話。
但是就某種意義來說，我反而因此鬆了一口氣也說不定。
只要別再和任何人扯上關係，就不會再受到傷害。
這樣也好。但我真的這麼想嗎？
我一定不會原諒她，同時也很害怕，不想再遭到背叛。
「好啊，一起回家。」

但我其實高興得不得了，明明想這麼回答的。

＊

睜開雙眼時，臉頰濡濕。這不知道是我第幾次做這個夢了。

我輕聲地嘆了一口氣。每次有什麼不開心的事，一定會做這個夢。

今天之所以又夢到往事，大概是因為這陣子都沒有收到蓮傳來的訊息。

距離十月的最後一天——可能是我們一起去水族館的那天已經過了兩個月，我收到了蓮傳來的賀年訊息。以前每天都會聯絡好幾次，但是在這則訊息之後，已經兩週音訊全無了。

只是過了一個年，當電視裡傳來新年新氣象的氛圍時，就讓人感覺煥然一新，享用母親每年過年都會煮的甜甜鹹鹹白味噌年糕湯時，壓根兒沒想到事情會變成這樣。

自從和蓮變成朋友以後，從來沒有過了這麼久還無消無息的，我完全無法保持平常心，擔心他該不會出了什麼事吧？

收不到蓮傳來的訊息時，世界是灰色的。

Kako 〉蓮，你還好嗎？

這兩週來，內心湧起過無數次想傳訊息給他的衝動。但終究沒送出去。一想到或許被蓮討厭了，我就感到很害怕。

嚥下一再脫口而出的嘆息，我走下樓準備去洗把臉。因為房子太老舊了，冬天的盥洗室比冰箱還冷。

自己的模樣映照在水滴飛濺得有如潑墨畫的鏡子之中。去年七夕在不可思議的夢境裡——注視貴船神社的池塘時，我所看到的那個女孩。

從構圖來看，水面上應該要倒映出往池子窺探的自己。但那個女孩長得**如花似玉**，與幽靈般的我天差地別。我一直很想知道那個女孩到底是誰，因為我總覺得，我好像**認識那個女孩**。

長瀏海底下的雙眼從沾滿水滴的鏡子裡看著我，感覺就連自己都被那雙眼睛詛咒了。

看書時，瀏海總是擋住視線，令人心浮氣躁。可是只要把瀏海蓄長，就不會看見任何人的眼神，也不用看到任何輕蔑我的眼神。

可是一直逃避的人——其實是我也說不定。

「花子，一起回家吧？」

要是我當時能擠出聲音來，回答一句「好啊，一起回家」就好了。

我一直、一直很後悔。

所以每當我快要失去某些東西的時候，就會做這個夢。

我不想失去蓮。

萬一真的見到蓮，為了不被蓮討厭，我能做什麼呢？

腦海中又浮現出夢裡那個**如花似玉**的女孩。

啊……對了。

萬一我的意識真的在無意識的情況下去見蓮，應該會想盡量打扮得可愛點，出現在約好的地方。

萬一我真的頂著一頭稻草般的亂髮，穿著運動服去見蓮，至今沒有被他討厭才是奇蹟吧。

可是再這樣下去——我不想被蓮討厭。從盥洗室的抽屜裡拿出剪刀，我深呼吸，接著慢慢把剪刀舉到面前，一刀將留得太長的瀏海剪短到眉毛下方。

在髒兮兮的鏡子裡，出現了我自己。

光是剪短瀏海，我就快不認識鏡子裡的我。

硬生生地倒抽一口氣。

好久沒看到自己的眼睛了。雖然還是那雙土裡土氣的眼睛，可是瞳孔的顏色比我想像中漂亮。

不知怎地，淚水爭先恐後地奪眶而出。

「哇啊啊啊啊啊。」

回過神來，我坐在鏡子前，放聲大哭。

日復一日地在宛如宇宙盡頭的房裡重覆做著相同的事。或許，我其實一直很想放聲大哭也說不定，可是就連眼淚也流不出來，光是要熬過悲傷與孤獨，屏住呼吸，與深夜融為一體，就耗盡了我所有的力氣。

只有透過手機收到蓮送來的訊息是我的生命線。

「花子，你沒事吧？」

時間已是深夜兩點，母親聽見我的哭聲，臉色大變地跑過來關心我。

「咦……？你把瀏海剪短了……？這不是很可愛嗎。」

我抽抽噎噎地回頭，母親一臉訝異地說。

「……媽……我……我……」

我用運動服的袖子抹眼淚，努力擠出聲音。

「怎麼啦……花子。」

母親打從心裡嚇了一跳。這也難怪。自從高中畢業，我就一句話也沒說過。母親上次聽到我的聲音，大概已經是四年前的事了。

我喘著氣說：

「……我……想改變……我想改變……」

下一瞬間，母親緊緊地擁住我。好溫暖。我埋在母親溫暖的懷裡，閉上雙眼。

「……花子，別擔心。你會想要改變，就表示你已經開始改變了。」

「……真的嗎？」

母親對我說的話永遠積極正面，在我被母親的話拯救的同時，大概也太過依賴了。我比誰都清楚這點。為了讓母親放心，我也必須改變才行。

「真的。你等一下喔。」

母親說完，放開我的身體，暫時離開了客廳。幾分鐘後，母親手裡拿著一個小碎花圖案的化妝包回來。

「這個送給你，打開看看。」

母親微微一笑，把化妝包遞給我。很可愛的化妝包，一看就知道不是便宜貨。裡頭會裝著什麼呢？我充滿期待地拉開拉鏈。

「哇，好可愛……」

我忍不住驚呼。

化妝包裡有很多化妝品，各自放在包裝十分精美的盒子中，簡直像是公主用的彩妝。有粉底和腮紅、眼線、眼影、睫毛膏……還有一些我叫不出名字的東西，上頭全都印有JILLSTUART的商標。只要有這些工具，應該就能完成大致上的妝容。

「這麼棒的東西……媽……這是你特地買給我的嗎？」

我感動萬分地問道，母親搖頭。

「不是的，這是你朋友特地送來，要我轉交給你。」

「……朋友？」

由香里。腦海中倏地浮現出這個名字。但不可能，由香里想必已經不記得我，或許連我的名字都忘了。

難不成——是蓮嗎？

因為我現在沒有半個朋友，唯一能想到的就只有蓮這個網路上的朋友。

「……是誰送來的？」

「因為對方突然出現，我忘了問名字。不過那個人說是你最好的朋友，說自己會一直守護你。」

「……什麼時候來的？」

「好像是十月的最後一天。對方在傍晚時突然找上門來，拜託我說如果有一天花子想要改變的話，就把這些東西交給你。」

那天的確是我和蓮去水族館的日子。聽起來很有可能，但如果是蓮，為何不直接給我呢？

「花子，媽媽也支持你。如果不會用，隨時都可以問我。但是不要勉強喔。因為不管是什麼樣的花子，都是媽媽最愛的花子。」

我還一頭霧水時，母親又接著說。現在的我，就算隨時被拋棄都不奇怪，但母親為何總是對我這麼溫柔呢？明明我這個人無可救藥到不要被生下來還比較好，母親到底喜歡我哪一點？如果我也奇蹟似地孕育出一個新的小生命，是不是就會明白了？

「……謝謝媽。」

很多事情我都還無法表達得很好，但還是誠心誠意地擠出聲音。

回到房間，從埋在深海底的藏寶箱拿出寶石般的化妝品，一樣一樣仔細端詳。色澤明亮的粉底、粉色系的眼影和腮紅，還有透明的棒狀容器裝滿了夢的結晶般閃閃發光的液體，就像是要給魔法少女變身時所用的道具。

花子費了一點時間才理解那是唇蜜。因為她從沒化過妝，自然也沒見過唇蜜。蓋子的部分印有 JILLSTUART 的商標。以前逛街時好像在哪裡看過這個品牌，但是花子當然從沒走進去過。

將唇蜜舉向空中，燈光照亮了瓶子裡的液體。

櫻花色的唇蜜有如被裝進瓶子裡的春天。

當蓮提到和我一起賞櫻時，畫面也宛如心電感應般傳來。花瓣綿綿不絕地從櫻花樹飄落，將小溪染成粉紅色的景象在腦海中浮現，栩栩如繪，歷歷在目。

我從化妝包拿出 JILLSTUART 的小鏡子，小心翼翼地塗上唇蜜。

鏡子裡的嘴唇稍微帶了點血色，珠光閃爍，活像只有嘴唇變成了少女。這也讓我的心情雀躍萬分，或許這真的是魔法道具也說不定。

心想自己要是能像動畫中的魔法少女，瞬間就能變身，那該有多好。

要是可以變成能吸引所有人回頭張望——那種可愛的少女該有多好。

這麼一來，蓮或許就會愛上我吧？

我或許也有勇氣踏出家門，出於自己的意志去見蓮——。

第二天、第三天……蓮依舊音訊全無。

不可思議的是，我並未感到不安。

我只是專心地練習化妝。

這段時間肯定比為 APP 裡面的角色換衣服更有意義。

起初完全不曉得該從哪裡下手，但我開始上網查資料、看 YouTube 學習，化妝的技巧愈來愈進步。

隨著技巧愈來愈純熟，我總覺得自己愈來愈像夢裡那個**如花似玉**的女孩子。

＊

Ren〉好久沒跟你聯絡，真的很抱歉。

Ren〉你大概已經忘了我。如果你還沒忘記我的話，我想見你。

Ren〉我想見花子。

二月的最後一天——花子再次收到蓮傳來的訊息。

相隔兩個月的訊息。

花子抱緊手機，撲到床上。

太好了。真的是太好了……蓮沒有討厭自己。

彷彿冰凍成石的心突然從冬天變成了春天。

花子覺得自己現在好喜歡蓮，覺得自己生下來就是為了愛上蓮。

Kako〉我擔心死了，你沒事吧……？

Kako〉我沒忘記你，我怎麼可能忘記你。

然後，然後——。

Kako〉我也

——想見你。我想見蓮。

*

去年一月除了打工以外，印象中好像都在打遊戲。

當時我沉迷於《當個創世神》這款遊戲。

在自己創造的世界裡，蒐集幾千個正方形的方塊，打造出巨大的建築物。

遊戲中的世界無限寬廣，沒有盡頭，無垠無涯到令人害怕的地步。

然而，無論世界多麼寬廣、無論創造出什麼，死去也好、復活也罷，我還是一樣窩在東京角落的公寓套房一隅，迎接千篇一律的日升月落。

只有在玩遊戲的時候，可以什麼都不去想。

雖然這款沒有盡頭的遊戲玩起來總是能讓我很快樂，但有時候也會想到一朝回到現實，將永遠過著沒有產值、什麼也創造不出來的人生，為此感到怵目驚心。

今年一月之所以想回趟老家，或許是因為在水族館和花子聊天時，不經意地想起老爸那縮成一團的背影。

「我回來了。」

踏進玄關，感受到老家久違的氣味，我故作開朗地打招呼。屋子裡很乾淨，乾淨到幾乎可以說是一塵不染。

「蓮，你來啦。」

儘管畢業至今兩年來都不相聞問，老爸還是老樣子，沒什麼反應地說道。

「要吃年糕湯嗎？」

然後又若無其事地問我。

「好，謝謝。」

我擠出一如往常的笑臉。我總是以笑臉面對老爸，彷彿除了笑臉以外再沒有其他表情。因為我深怕如果不露出笑容，自己就會被拋棄。

老爸開始咕嘟咕嘟地煮起年糕湯。十分鐘後，年糕湯和不知道是跟哪邊訂購的豪華年菜一起呈現在我面前。要是我沒來，他打算一個人吃掉那些年菜嗎？還是要和死去的老媽一起吃呢？胸口頓時被寂寥所刺痛。

「我開動了。」

碗裡裝著風味十足的高湯和兩大塊的年糕。

咬下一口，年糕比想像中還軟，很好吃。一起住的時候沒感覺，原來有人幫自己做的飯，吃起來竟是如此美味。

雖然老爸並沒有因為我回來而露出特別高興的神情，但今天回家一趟是對的也說不定。正當我自以為是地喝著湯時。

「蓮，我就快要死了。」

老爸突然沒頭沒腦地說。

拿著筷子的手停在半空中。老爸不是會開玩笑的人，我也沒看過老爸開玩笑的樣子。

「前陣子做了詳細的體檢，醫院告訴我是癌症末期，頂多只能再活半年左右。我不打算治療，這下子總算可以去陪你媽了。」

相較我大驚失色到不知該看哪裡才好，老爸卻一派輕描淡寫的態度。

「……這樣啊。」

實在擠不出笑容，而且也不該笑。但我完全不知道此時此刻應該要做出什麼反應才是正確答案。我就這樣不知所措地把手裡的碗放回桌上。

「蓮，我對你很抱歉。」

老爸到底想說什麼，我渾身顫慄。

「這麼說很奇怪，但是打從你出生的那個時候起，我的人生就結束了。內心充滿失去心愛之人的悲痛，對你……我無法打從心底愛你。所以我只能為了養育你，努力工作賺錢養家，真的很抱歉。」

老爸直勾勾地盯著我的雙眼告解，眼裡蒙上一層薄薄的水膜。

這輩子從未見過他這種表情。

我該做何感想？該說什麼，老爸才會愛我？

「嗯……沒關係，我都明白。謝謝你強忍悲傷拉拔我長大。」

我還理不出頭緒，只能擠出笑容這麼說著。除此之外別無他法。

我再也吃不到老爸煮的年糕湯了，心痛得像是隨時都會破裂。

在那之後有一段時間，我做什麼事都提不起勁來。為了生活，也為了不給店裡及同事添麻煩，我還是會去打工，但是除了新年快樂的訊息以外，我甚至無法傳訊息給花子。

我又開始想死了。

自我懂事以來，就知道老爸不愛我。我很清楚，所以這應該不會有問題。可是聽完老爸那番話，我連自己為什麼被生下來都搞不懂了。

老爸不會明白我渴望父母疼愛，卻又求之不得的日子過得有多痛苦。當時老爸雖然眼泛淚光，但我很清楚那不是基於罪惡感，而是老爸想起自己這輩子唯一打從心底深深愛過的人死去的這件事，才不由得潸然淚下。

到了這個年紀，我不會再把自己的人生怪罪到父母頭上。是我自己隨波逐流地虛度每一天，不曉得自己想做什麼，沒做過任何努力，就這麼在黑夜裡浮沉。

然而，要是老爸願意假裝愛我，哪怕是一絲半點、哪怕是虛情假意，我肯定能活得比現在好。

*

「愛真是個難解的習題。」

逐漸消融在時間盡頭的午夜零點，久保彷彿看穿我的心思，呢喃低語。

我正在幫礦泉水補貨的手擱淺在偌大的冰箱裡。

「怎麼突然有這種感慨？」

「沒什麼，和女朋友出了點問題。」

「你們吵架了？」

「比吵架更慘。不知為何，我每次和女人交往，對方都會問我是不是真心的。我很喜歡現在的女朋友，但是問我是不是真心愛她，老實說，我也不太確定。而且我現在滿腦子都是音樂，也沒有太多時間理她。可是如果不經常聯絡，她就會生氣。我其實有點累了。」

大概是累積了很多壓力，久保一口氣吐了一大盆苦水。

「這樣啊……真是辛苦你了。」

我沒什麼共鳴，只是禮貌性地點頭附和。話說回來，我根本沒和任何人交往過。

「雨下先生，你認為愛是什麼？」

久保單刀直入地問了一個難以回答的問題。

「是什麼啊，我也不太清楚……或許是想起對方，心就會隱隱作痛吧……」

我重新把礦泉水擺在該放的地方。

「哦……聽起來好深奧。」

久保邊補可樂邊點頭。

「才怪，一點也不深奧……」

我報以苦笑。這時耳邊傳來低沉的震動聲，久保從長褲的口袋裡掏出手機。

「啊，不好意思！女朋友的奪命連環 call 又來了，我可以先去休息嗎？」

「嗯，可以啊。」

「謝啦。」

久保邊打電話給女朋友，邊走到冰箱區的另一側。從他剛才發的牢騷聽下來，

小倆口根本是半斤八兩，但是我現在明白了，喜歡上一個人，或許就是在對方身上

尋找自己缺少的部分，或是追求與自己相同的部分。
剛才之所以答不上來，或許是因為我認為所謂的愛根本是不存在的東西。
但是包括我在內，每個人終其一生都在追尋這個不存在的東西。

*

天亮了，我打完工回家——感覺比平常更累。
躺在床上，閉上眼睛，睡意立刻如海浪蓋過沙灘般湧上，沉浸在有如被暖和的水擁抱的淺眠中，我做了個淡淡的夢。
我已經有多少年沒做夢了呢？
我在夢中撫摸著已經不在人世的男爵，男爵金色的毛蓬鬆柔軟，還有體溫，感覺就跟牠還活著的時候一模一樣。
「男爵，你為什麼沒說再見就死了？」
聽我這麼說，男爵有些感傷地嗚了一聲。
我靜靜地在夢中回憶起。

男爵死的隔天，我沒去火葬場。因為要是去了，就得接受男爵火化的事實，就得面對我最喜歡的男爵真的離我而去的事實。這種事光是想像都令我難以承受。我不願相信男爵已經死了。

我們明明一直在一起，牠總是在等著我回家。

所以……當時沒有說再見的……其實是我。

「男爵對不起……對不起。」

男爵嗚地輕哼一聲，舔著我的臉，彷彿要為我拭去淚痕。

「我好想……好想永遠跟你在一起……」

我緊緊抱著男爵哭了起來。即使在夢裡面，這也是我自從男爵過世那天以來第一次流下眼淚。

我哭著醒來。

淚水一時半刻還無法停歇。

自從男爵死去的那一天開始，我一直很寂寞。

因為這輩子只有男爵不求回報地愛著我。

可是現在就連男爵也不在了，我比從前更寂寞。

——Ren 肯定比一般人更深情。

初次見面的那天，花子這麼對我說。那一瞬間，我才明白這股想起對方，心就會隱隱作痛的情感，或許就是愛也說不定。

也是那一天，我有生以來第一次喜歡上某個人。

我喜歡花子。

總是以美好又溫柔的語言拯救我的花子。

和我一樣身處在黑夜之中的花子。

Ren〉好久沒跟你聯絡，真的很抱歉。

Ren〉你大概已經忘了我。如果你還沒忘記我的話，我想見你。

Ren〉我想見花子。

我在衝動之下按下了傳送鍵，然後握緊手機，倒在床上。剛才大概是一進入夢鄉就馬上醒來的關係，現在睡意很快地再度襲來。

我再次閉上雙眼。

這時，最近新上市的遊戲 APP 廣告，從一直開著沒關的電視裡映入開始變得朦朧的視野一角。

「嶄新的故事即將展開！」

APP 中的魔法少女如是說。

＊

Kako 〉我也——想見你。

三月一日，我和花子約在京都車站大樓梯那裡的老地方見面。

我在約定時間的十五分鐘前就到了，先繞去書店，接著就看到一週前剛出版的新書。

《在4.7吋的世界愛上你》

——你突然出現在充滿美麗但虛假的照片、說著傷人話語的4.7吋世界裡，我連你的長相、聲音、真正的名字都不知道，依然陷入了有生以來的初戀。——書腰印著上述的文字。

不用說也知道，這是井浦先生的小說。

聽說就連某知名偶像團體的中心人物也非常喜歡這本小說，在Instagram和推特上都介紹過，導致這本書一上市就引起話題，如今也在顯眼的地方擺了一大疊。

明明寫的不是自己的故事，卻莫名其妙地覺得好害羞，買了書之後，我逃也似地前往約定的地點。

然而，過了約好的十二點，花子卻還沒有出現。

是發生什麼事了嗎？我有點擔心，同時也為了打發時間，用手機拍下剛買的書，而且明明還沒看，卻配上「＃推薦這本書」的文字後上傳到Instagram。

這麼說來，上傳水母的照片後，我就沒有再發表過任何動態了，不過這次也稱不上是什麼發表。

動態才剛出現在時間軸上，立刻就收到蒼森的留言。

〉這個作者井浦，該不會是那個井浦先生吧？

可以告訴她嗎？我有些遲疑，但還是回了留言「就是他喔」，然後翻開小說。

故事是從閉門不出的繭居族女孩從夢裡醒來開始。

這一定是——花子的故事。待我反應過來，已經欲罷不能地看下去了。我對文學一竅不通，只是很想知道故事會有什麼結局。

「蓮……抱歉！我遲到了。」

看了一會兒書之後，花子的聲音令我回過神來。除了玩遊戲之外，這還是我第一次沉浸在時空錯置的世界裡。

「沒關係，別放在心上。」

我從文筆十分細膩的故事裡抬起頭來，微微一笑。

花子的呼吸有點喘。

我倒是不以為意，但花子從不曾遲到過，總覺得她的臉色有點不太好看，是我的錯覺嗎？還是她真的身體不舒服？

但是更令我在意的是花子的髮型。

「你換髮型了？」

總是梳向一邊的瀏海整整齊齊地剪到眼睛上方。

「啊，嗯！你發現啦。」

花子眉開眼笑地摸了摸瀏海。

「我一眼就看出來了。很可愛，很適合你。」

連我都對自己怎麼會說出如此肉麻的台詞嚇了一跳，但我真的看呆了。

只是剪短瀏海，居然就能判若兩人，也更符合花子這個名字。

「我也這麼覺得。」

花子有些驕傲地說道。

「居然自吹自擂。」

我們相視而笑，失去聯絡的兩個月和沒有見面的四個月一口氣縮短。

「開玩笑的。因為我鼓起了好大的勇氣才剪掉，所以很高興能得到你的讚美。」

「這樣啊，真的很好看喔。」

「謝謝。」

花子羞怯地說，就連我也跟著害臊起來，下意識地轉移話題。

「還有，對不起，最近太忙了，我還沒想好今天要去哪裡。」
「難不成……出了什麼事？」
「沒什麼。這陣子都沒跟你聯絡，真不好意思。」
我也知道嘴上說著沒什麼卻兩個月都沒有聯絡，實在交代不過去，但我今天還不想說。
「蓮——不開心的時候不用勉強自己笑喔。」
花子微笑說道，表情很是哀傷。
花子怎麼知道我心裡在想什麼呢？
「……別擔心，我笑是因為和花子在一起很快樂。」
我這麼回答，但也不是謊話。
「是嗎……那就好。既然如此，今天由我決定要去哪裡好嗎？」
花子並沒有繼續追究。
「嗯，當然好。」
花子肯定是怕我尷尬才會這麼說。我點點頭，接受花子的好意。
「那我們去看電影吧？我有一部想看的作品，電影院在河原町那邊。」

「好啊，謝啦。」

「那我們出發吧！」

花子笑著說。剛才我還擔心她的身體狀況，但花子顯然比平常更有活力。太好了。我鬆了一口氣，跟著邁出了步伐。

之後我們轉乘地鐵，前往三条京阪，在寺町的咖啡館吃了頓午餐，接著在新京極的MOVIX看了目前蔚為話題的動畫電影。

「好精采喔！」

離開電影院時，花子感動萬分地說。

「該怎麼說呢，時間線安排得好高明。」

這點也讓我非常佩服。要不是花子，我一定不會來電影院看這部作品吧。一思及此，總覺得賺大了。而且能和花子一起欣賞這部優秀的電影也很令人開心。

「嗯，歌曲也很令人感動。」

「歌曲真的很棒，我能理解為什麼會引發流行了。」

「讓人想再看一遍。」

「確實會想再看一遍。」
我點點頭，心裡已經想著要買根本還沒上市的藍光片了。
「這麼說來，這應該是我第一次和別人一起看電影。」
「我也是。就連電影都已經好幾年沒看過了。」
「我也一樣。可是只要和蓮在一起，感覺哪裡都去得成。」
花子露出溫柔的笑容。
我很喜歡花子這個表情。她的笑容好像小花綻放在誰也沒有留意到的路邊。
「是嘛。那接下來想去哪裡？」
我有點難為情地站在電影院前問她。
「嗯……我想買點東西，你願意陪我去嗎？」
「好啊，你要買什麼東西？」
「朋友就快過生日了，我想買鞋子送她。」
「鞋子嗎，要去哪裡買？」
「呃……我也不知道，總之先去百貨公司看看吧。」
「好，就這麼辦。」

於是我們離開新京極，前往位於四条河原町的高島屋。鞋子的賣場就在化妝品專櫃前方，應該能找到想要的款式。

「蓮，你可以幫我挑選嗎？」

花子對我說。

「欸，由我來選嗎？」

「嗯，我想買蓮會希望女孩子穿上的鞋，這樣肯定可以找到可愛的款式。」

「可是我沒什麼品味耶。」

「才沒有這回事，蓮的品味比我好多了。」

花子真的這麼想嗎？因為她明明比我更會打扮。可是都說到這個份上了，我也沒理由拒絕。

「嗯……那麼，你的朋友是個什麼樣的女生？」

「我想想……很浪漫，但是不太會說話，喜歡看書……心地很善良。」

花子回答的聲音很興奮，肯定是馬上浮現那個朋友的形象了。看樣子她真的很喜歡那個朋友。

「總覺得跟花子好像。」

「嗯，跟我很像。」

「這樣啊。嗯……要選那一雙才好呢？」

問歸問，我其實不太清楚女孩子喜歡什麼。我像隻無頭蒼蠅似地在店內逛了好一會兒。

過了十分鐘，我站在陳列著 JILLSTUART 這個品牌鞋款的櫃位前，指著眼前的一雙銀色包鞋說道。我覺得這雙鞋很適合花子。

「……啊，這雙如何？」

「啊，好可愛！好像灰姑娘的玻璃鞋。嗯……她一定會喜歡的，就決定買這雙了。」

花子珍而重之地捧著那雙鞋，走向店員。

在那之後，我們兩人回到三条河原町。

「謝謝你幫我挑到很棒的鞋子。」

「希望你朋友會喜歡。」

「我猜她肯定會喜極而泣。」

「會有這麼高興嗎？」

「嗯，真的會很高興。」

我們邊聊天，邊走進位於三条大橋橋墩的星巴克，我選了抹茶拿鐵，花子挑了焦糖瑪奇朵，接著又轉移陣地來到鴨川旁。

情侶們像是受到什麼暗示那樣，隔著一定距離坐在鴨川的西側河岸，我們在對側——東岸坐下。

「網路上說這一側的景色比較好。」我說道。

我在不用打工時查詢了京都的約會路線，就看到這樣的資訊。東側的人確實比較少，而且可以看到一如刊登在旅遊手冊上的鴨川景色，太划算了。

「真的耶。我明明住在京都，但是因為沒有和任何人出遊過，所以什麼都不知道。」

「也不和朋友出門嗎？」

「因為我一直沒有朋友嘛。」

「那個你要買禮物送她的朋友呢？」

「喔……她啊，我們其實只通過信，沒見過面，可是我們的感情一直很好。」

「原來如此，可是我實在不敢相信花子會沒有朋友。」

這麼說來，花子剛才說她那個朋友不善言辭，難道她們會通電話嗎？

我們已經互傳訊息將近兩年了，但我對花子依然一無所知。

「是嗎？因為我真的很笨拙。」

現在坐在對岸的情侶都在聊什麼？

和喜歡的人都會聊些什麼呢？

我有很多必須告訴花子的事。

也有很多必須問她的事。

「可以問這個嗎……花子為什麼會躲在家裡不出門？」

花子長嘆一聲。

「……我高中的時候喜歡上一個男生。」

「嗯。」

花子喜歡的男生——是個什麼樣的人呢？我想知道，又不想知道，內心充滿複雜的情緒。

「那個男生每天都會跟如同空氣般的我打招呼，我很感動，第一次嘗到戀愛的滋味。可是那個男生很受歡迎，即使靠得再近，仍舊是遙不可及的存在，所以我覺得只要能遠遠地看著他就好了。」

我可以想像花子獨自坐在教室裡望著窗外的樣子。

這個故事太似曾相識了，讓我不禁想起倉田的事。

「可是啊，畢業典禮那天，他向我告白了。」

「所以你們是兩情相悅……？」

我難掩慌亂地問花子。

「不，不是那樣。」

花子搖搖頭。我大概猜到結果了。

「他其實是被逼著向我告白。」

從花子的語氣聽來，那道傷口似乎尚未癒合。

「不可原諒。」

我不假思索地說。

但這句話——無疑是說給我自己聽的。

倉田顫抖著雙手遞給我的情書傳遍了全班，我卻沒有向她道歉。

而是和班上同學一起嘻笑著。但是，其實我一直把這件事放在心上，從未忘記過。

——當我給倉田回禮的手帕時，她臉上那開心的表情。

「嗯……我也無法原諒。可是啊，我內心深處也隱約覺得，就算是被逼的，我還是很開心，很高興能跟他說話。」

花子苦笑著說。

「從此以後，我開始討厭自己，認為自己沒資格活下去……也害怕見到那個男生和班上的同學，再也……出不了門。」

胸口好痛。

那一天，花子究竟是抱著什麼樣的心情來京都車站見我？

「既然如此，為什麼……那一天你會願意來跟我見面？」

我覺得花子好可愛。

可是如果換成其他人，或許就不會這麼想。

第一次見面那天，花子在我眼中之所以如此特別，或許是因為我早在見面前就知道花子是個很完美的女生。

「……因為我也一直很想見你。再加上看到蓮傳來的訊息時，我覺得一定要去見你。如果不去的話……我真的很害怕自己會一直這樣下去。而且我只是害怕出門，並不怕見到你。那天和蓮並肩同行的時候，我覺得世界好美好美。所以……只有蓮約我見面的時候，我才有勇氣出門。不瞞你說，除此之外的時候，我一直躲在家裡。我想改變、卻又無力改變。你或許很難想像，但我就是無法逃離黑夜，真是沒用的傢伙。」

「別這麼說。我大學畢業以後，這三年來除了打工，也幾乎沒去過任何地方，成天打遊戲，跟繭居族沒兩樣。每天都在懷疑自己為什麼要活著，覺得很空虛，始終處於提不起勁的狀態。可是認識花子之後……我也不曉得該怎麼說，才開始有了活著的感覺。所以……那個……花子才不是沒用的傢伙，你是個很棒的女孩子喔。」

「……謝謝，我很高興能聽到你這麼說。」

花子淚盈於睫。

她的眼淚大概是在不知不覺中滴落的，因為花子根本沒發現自己哭了。

「花子……我今天有話想跟你說。」

從昨天傳訊息給花子，說我想見面的那一刻起，我就想告訴她自己的心情。

或許從第一次說我想見她的那一天起，我就已經決定要告訴花子了。

「嗯？什麼事……」

花子一瞬也不瞬地看著我。

「我……」

但是真到了這一刻，聲音卻開始顫抖。可是我一定得好好說清楚才行。

因為這是我有生以來，第一次打從心底喜歡上某個人。

「我……喜歡……」

——我喜歡花子。

然而就在我要說出口的瞬間。

「等、等一下……！」

花子以迅雷不及掩耳的速度打斷我。

「……欸？」

怎麼了？意料之外的狀況令我反應不過來。

「那個……接下來的話……可以請你用訊息傳給我嗎？」

「……呃……為什麼要搞得像拍廣告。」

我背離本性地吐嘈，感覺全身的力氣都被掏空了。

這是拒絕——的意思嗎？

「抱歉。可是啊，我想留下蓮說的話。如果是訊息，就可以永遠留下來了。」

花子低聲下氣地請求。

雖說這樣確實很不懂得察言觀色，但我也不覺得她是在轉移話題。

「這樣啊……太好了。」

雖然尚未完全理解花子的想法，但我總算能呼吸了。

「咦？」

「我還以為你連告白的機會也不給我。」

我自暴自棄地說。這句話已經與告白無異了。

「怎、怎麼可能！因為……我最喜歡蓮傳給我的訊息了，所以……求求你。」

「好吧，我知道了。」

雖然還有點消化不良，但也只能答應。

夕陽逐漸沉沒在鴨川裡。

京都沒有東京那些高聳入雲的建築物，抬頭一看，天空有如穹頂狀的星象儀，讓人感覺與宇宙接軌。

往旁邊望去，花子的表情很凝重，直直盯著對岸的情侶。花子到底在想什麼？真是個不可思議的女孩。

「我差不多該回去了。」我說。

「……嗯。我可以送你到京都車站嗎？」

「那我可以牽你的手嗎？」

之所以這麼說，肯定是因為我希望花子能答應我的追求。

如同啪地一聲升上高空的煙火，花子頓時面紅耳赤，這個反應讓我稍微鬆了一口氣。

「可、可以……」

花子點頭，聲音高了一個八度。

然後我們有些顧慮地扣住彼此的手指——牽起了手。

花子的手很軟，很溫暖。

走到剪票口，雙方不約而同地放開手。

「那我回去囉。」

我買好車票後說道。

「那個，蓮……」

花子哀戚地盯著我們直到剛才都還十指緊扣的手，喊了我的名字。

「什麼事？」

「……我很高興能遇見你。」

說得好像我們不會再見似的。

「嗯，我也是喔。」

聽我這麼說，花子露出泫然欲泣的表情。有必要這麼離情依依嗎？但我還是暗自竊喜。

「對了……下次見面訂在三月三十一日好嗎？那天是花子的生日，可以到時再給你答覆嗎？」

花子不是那種以名字自稱的那種女孩，不過先前也有過類似的狀況。難道她其實都習慣喊自己花子嗎？

「嗯，好的，我十二點在大樓梯上等你。」

這些細節固然令我耿耿於懷，但我還是答應了。

「謝謝。還有……最後我想再跟你說一件事。」

「什麼事？」

明明才剛約好下次要見面，扯到「最後」未免也太誇張了。但花子的語氣很嚴肅。她到底要說什麼？

「我啊……我的名字叫 Kako。」

我愣了一下。我知道花子的暱稱是 Kako 啊。

「那個，我知道啊。」

我笑著回答。

「說的也是。」

花子也笑了。難道花子也流著關西人的血液，喜歡搞笑嗎？

「嗯。那麼 Kako——改天見。」

我不希望她以為我的腦筋太死板，所以也半開玩笑地回應。

「嗯……改天見，蓮。」

但花子繃著一張臉，以彷彿隨時都要落下淚來的眼神說道，然後轉過身去，消失在人群中。

她平常都會向我揮手道別，直到我走出她的視線範圍，這到底是怎麼回事？

我怔忡地呆站在原地好一會兒，不知道為什麼——我總覺得好像再也見不到花子了。

＊

當我的意識猛然回轉時，人就站在京都車站的地下街。

喧譁吵鬧的人群、空氣的觸感、映入眼簾的景色都是那麼地真實。

這不是夢——幾乎讓人有這樣的感覺。

可是我不記得自己是怎麼來到這裡的，當然也沒有走出房門的記憶。

Kako〉我擔心死了，你沒事吧……？

Kako〉我沒忘記你，我怎麼可能忘記你。

Kako〉我也是。

又來了——可以這麼說嗎？當我收到蓮睽違數個月再次傳來的訊息，然後打出以上的回覆後，記憶就中斷了。不管怎樣，即便跟平常一樣是在不可思議的夢裡，我也想快點回家……

我面無血色、腳步蹣跚地走在喧譁吵鬧的人群中。

就在這個時候。

有個男生從前方走來。夢裡就跟身處在水中一樣，看什麼都朦朦朧朧的，但那個男孩並不是每次出現在我夢裡的人，但我知道對方肯定是個優秀的男孩。

因為我的心激動得快要裂開。

「蓮……？」

我認為一定是他。

「蓮……！」

我以幾不成聲的聲音呼喚他。

蓮走到我面前，停下腳步。

那一瞬間，感覺心臟跳得比剛才更快了。心跳劇烈得不正常，彷彿隨時都要毀壞。

蓮目不轉睛地低頭看著我，口齒清晰地說：
「不嫌棄的話，希望你能和我交往。」
這句話我好像曾經從別人的口中聽到過。
「好……」
我顫抖著點頭。
好開心。比那個時候還要開心。因為在互傳訊息的過程中，我一直覺得要是能和蓮兩情相悅就好了。
「你在說什麼傻話，這是懲罰遊戲啊。」
果然還是這樣——我被騙了。
心臟瞬間被炸得灰飛煙滅。
我溶化般地當場蹲下。
可是，其實我心裡很清楚。
我知道蓮不可能喜歡我這種人。
但淚水還是不聽使喚地奪眶而出。

好傷心，好難過，眼淚有如潰堤的河水。

「陰沉的傢伙，噁心死了。」

看到我哭泣的臉，蓮笑著說。

＊

「呼……呼……」

伴隨著劇烈的心跳聲醒來。

也就是說……剛才是在做夢嗎？就算是一場夢，心臟卻依舊撲通撲通地鼓動著。

我打開握在手中的手機，確認日期。

螢幕上顯示著三月二日，表示又過了一天。flower story 也收到了蓮傳來的訊息。

……還沒點開看，我就知道上頭寫些什麼了，這是為什麼呢？

Ren 〉我喜歡花子。

Ren 〉請和我交往。

儘管如此——光是收到喜歡的人傳來短短的一句話，我的心跳就快到幾乎要昏厥。

好高興。感覺到喜悅的同時，所有的記憶都鮮明地回來了。

好痛。胸口好痛。

我忍不住用雙手按住胸口。

文字可以讓人有如置身天堂，也可以將人推落地獄。

四年前的畢業典禮那一天，烙印在心裡的文字又浮現眼前。

無法像遊戲資料那樣輕易刪除，回想起來以後好像還會增殖，如雪花般飄落在內心深處，形成一層積雪。

「呼……呼……」

感覺好像就快窒息了。

——噁心死了。

唉……這肯定又是懲罰遊戲。

不然就是在做夢。

因為我根本沒見過蓮，更不知道蓮的長相。

蓮肯定是把誰誤認為我，再不然就是有人偷偷監視我的帳號，再假扮成我去和蓮見面。如果不是從哪裡查到我的名字，就是剛剛好也叫這個名字。現在這個時代，盜用別人的帳號這種事並不稀奇。

一定是這樣。絕對是這樣沒錯。

再怎麼樣都不可能一次又一次在沒有意識的情況下出門。

之所以會做那些不可思議的夢，大概是出於我的願望吧。

再說了——我根本不是蓮會喜歡的那種女孩。

就算學會化妝，我也無法變成普通的女孩。

因為我已經四年沒踏出這個房間，連便利商店都去不了。四年來，我始終被禁錮在永不天明的黑夜裡。光是想要出去，就會讓我頭暈目眩，害怕得手開始發抖，連話都說不好。那天的情景，永遠都會跳針似地在腦海中回放。

蓮。

我喜歡你。非常非常喜歡。雖然我對你一無所知，但是你的一切我都喜歡。

可是啊——蓮喜歡的肯定不是我。

而是我以外的某個人。

我盯著4.7吋的螢幕，長按flower story的圖示，直到浮現出╳的按鈕之後，按了下去。

而且我的消失也如此輕易。

從那個有蓮的世界裡消失。

那一瞬間，僅剩百分之一的電量耗盡，眼前一片黑暗，彷彿被吸入黑洞之中。

——花子。

我從沒聽過蓮的聲音，但總覺得他在黑暗中呼喚我。

淚水奪眶而出。不知道為什麼，明明沒見過面，卻對再也見不到蓮這件事感到悲傷。

我想不通。我想不懂。

「這是懲罰遊戲啊。」

可是，如果再發生一次相同的事，我會死掉的。

現在這樣就好了。與其受傷，我寧願就這麼在黑夜裡慢慢地溶化。

＊

回過神來——我在沒有蓮的世界裡如常呼吸。

不確定自己還活著，抑或已經死去。

手機還沒充電，所以也不知道又過了幾天。

沒有手機，就連今夕也不知道是何夕就結束了。

只知道日子一天天過得飛快，快到令人心驚。

但我已經不想做任何事了，就連為手機充電也提不起勁。因為就算打開手機，也收不到蓮傳來的訊息。

分別在華燈初上與黎明將至時傳來的訊息。

手機叮咚響起的聲音。

曾經是我的生命線。

然而——我親手斬斷了生命線。

做完莫名真實的夢，感覺十分錯亂。

明明是自己做的選擇，但一想到再也無法與蓮通信，就覺得全世界好像只剩下我一個人，苦不堪言。

當時我滿腦子都是不想再受到傷害的念頭。

所以還覺得只要刪除 **APP**，就能回到遇見蓮以前的生活。可是，根本什麼都沒有消失。

即使是再也看不到訊息的現在、即使還無法確定那是真的，蓮也曾經在 4.7 吋的螢幕裡說他喜歡我……

希望我和他交往。

我好高興。好幸福。感覺好像一場夢。感覺活著真是太好了。

然而我卻——。

『花子，一起回家吧。』

我依舊——什麼也答不上來。

*

那天晚上，相隔許久後又再次做了夢。

漆黑的夜空繁星點點。因為我看著星象儀入睡，大概還徘徊在夢境的邊緣，才會在夢裡有這種感覺。

我站在一排紅色燈籠連綿的石階前。

這裡是貴船神社。

四下張望，附近沒有半個人。

我一階一階地拾級而上，明明沒來過，卻已經知道前面有什麼。
走進神社境內後，再往深處走去，裡面果然有一座池塘。
我望向池子裡。
接著——水面上就倒映出十歲時的自己，身上還穿著那件紅色洋裝。
「輪到花子了。」
十歲的我以還很稚嫩的嗓音說著。
然後，從星空之中飄下來一張白紙。
我用指尖抓住。——那是水占卜的籤紙。
我微微頷首，輕輕地將籤紙放入水中。
文字慢慢浮現在被水浸濕的紙上。

好　想　見　蓮

那一瞬間，文字紛紛從星空墜落。
——好　想　見　蓮　——好　想　見　蓮　——好　想　見　蓮　——好

想見蓮

每個字都發出霹靂啪啦的聲響砸落在我的四周。

宛如下雨一般。

我拾起散落滿地的文字，擁入懷中。

這一直是我內心深處的渴望。

有一天，我要和蓮見面。

——Ren——蓮——Ren——蓮

每在內心深處呼喚這個名字一次，夢裡都會下起文字雨。

淚水溢出了眼眶。

我喜歡蓮。

從第一次收到他傳來訊息的那天開始，就一直喜歡他。

——喜歡——喜歡——喜歡——喜歡

大概因為我心裡湧出了思念，神社裡也開始下起名為感情的大雨。

我的身體逐漸淹沒在不斷飄落的文字裡，已經看不見前方了。

喘不過氣來。

嗚，得用跑的離開這裡才行。

必須離開這裡——。

「我說你啊……再 這 樣 下 去 真 的 好 嗎 ？」

這時，一個不知道在什麼時候出現在我身邊的女孩，窺探我的表情問道。

並不是剛才年幼的我。

——而是那個**如花似玉**的女孩。

同時，那女孩也是**我**。

此時此刻，我已經知道她就是盛妝打扮後的我。

當時倒映在池水裡的女孩就是我，是我本人。

意識到這一點的瞬間，女孩消失了，換成了那個經常出現在夢裡的男生站在我身邊。

他一定就是蓮。

然而，蓮正逐漸消失在大量文字從天而降的滂沱大雨中。

情急之下，我抓住蓮的手。

感覺好溫暖，難以想像是在夢裡。

「別走……！」

在我尖叫著從夢裡醒過來之後，也明白了一件事，不管別人怎麼想，都不會比失去蓮更令我無法承受。

我從床上跳起來，腦中一片空白地抓住扔在地上的手機，立刻插上充電器。一開機就趕緊連上應用程式商店，搜尋到「flower story」，重新下載安裝。

可是在我申請好新的帳號，正準備要搜尋「Ren」時，才意識到一件事。

這款 APP 沒有搜尋使用者的功能。

只能與現實生活中的朋友交換帳號，或是透過社群網站和進行遊戲時隨機發出的交友申請搭上線。

換句話說，我和蓮是在隨機的情況下認識的朋友。

因為遊戲本身有訊息功能，我們也沒交換過電子信箱，當然也不知道彼此的電話號碼或地址。

我們能再成為朋友的機率，只有幾萬分之一。

可是，還不能放棄，我也不願放棄。我花了一整個晚上，隨機造訪其他使用者在遊戲裡的商店，尋找蓮的蹤跡，可是電腦並未將蓮重新帶回到我的面前。

漸漸地，絕望這個字眼開始在心底堆積。

即使太陽已經升起，我也因為找不到蓮，根本毫無睡意。

我茫然自失地一屁股跌坐在地板上，凝望視線前方的書櫃。

我把書櫃的第一層做成展示區，用來展示我心愛的書，對我影響重大的那本《花物語》當然也一直陳列其中，冷不防，目光掃到《花物語》的旁邊擺了本我完全沒印象的小說。

大概是母親買給我的書吧，但母親應該不會隨便進我房間才對。

《在4.7吋的世界愛上你》

我慢吞吞地站了起來，拿起那本對書名毫無印象的小說。

「咦？」

內心怦然一跳，不由得輕聲嘆息。

因為那是我敬愛的《花物語》作者——井浦創老師的作品。
我立刻上網搜尋，出版日期是一個月以前。既然如此，這可是井浦老師睽違五年的最新作品。自從我高中畢業以後，就沒有再看過一本新書了。一方面是沒有心情看書，另一方面也是基於認為沒有書能比《花物語》更好看的心理。
可是才翻開第一頁，我就迷上這本書了。
因為那根本就是我的故事——。
正確地說，那不是我的故事，但故事裡的女主角活脫脫就是此時此刻的我。我動彈不得地站在書櫃前，著了魔似地閱讀小說的後續。
簡單整理一下故事情節，內容描寫把自己關在家裡的繭居族女孩透過社群網站遇見了一個男孩，因此談起生命中的第一場戀愛。然後她也在現實生活中遇見了那個男孩，但沒想到這個男孩卻有個祕密……
倘若我能出門，或許就能和蓮發展出一段戀情了。我邊閱讀邊沉溺在已經不可能實現的妄想之中。
看完〈尾聲〉時，我哭得比看完《花物語》時還慘，也湧現痛徹心扉的感受。
就算這簡直就是我自己的故事、就算女主角的戀情終於修得正果——我也見不到蓮了。

我嘆了口氣，用手背拭去淚痕，正打算闔上書本時。

有張白紙從書裡翩然飄落。

我下意識地抓住那張紙，那是水占卜的籤紙，上頭還寫著幾行字。

「花子，加油。

蓮知道花子其實是個很棒的女孩。

去吧——打開衣櫥。」

這顯然不是占卜的結果。

上次看到時明明什麼也沒寫，而且我應該已經把那張籤紙收進抽屜裡了。

心臟不聽使喚地加速律動。

並不是被匪夷所思的現象嚇到。

而是因為紙條上的筆跡跟我的筆跡幾乎可以說是一模一樣——。

「衣櫥……」

我提心弔膽地站到衣櫥前面。

自從打死都不出門以來，基於輕鬆舒服的理由，我身上總是穿著運動服和睡衣，已經很久不曾打開衣櫥了，也不記得自己收過衣服。所以自從高中畢業以來，我就再沒開過這扇門。

裡頭到底有什麼呢？

我抱著一股類似希望的情緒，慢動作地打開衣櫥。

就在門打開的瞬間，我倒抽了一口氣。

宛如櫻吹雪在我眼前飛舞。

衣櫥裡有如連綿不絕的花田，掛著好幾套一看就知道價值不斐的漂亮衣服。

而且從尺寸來看，也不是小時候母親買給我的那些衣服。

我驚訝地一套又一套依序摸了過去，每件都像是會出現在雜誌上那種時下女生會穿的時髦衣裳。

而且衣櫥下層還有個包裝得很精美的長方形盒子。

心跳得愈來愈快。

『不要放棄你的故事』

盒子上寫著這樣的訊息。

雖然沒有印象寫過這些字，但依舊與自己的筆跡如出一轍。

我在快速鼓動的心跳催促下仔細撕開包裝紙，掀開盒蓋。

「哇！」

盒子裡裝著鞋跟七公分的簇新銀色包鞋，鞋墊上也印有 JILLSTUART 的字樣，跟裝在化妝包裡的化妝品是同一個牌子。我小心翼翼地拿出鞋子。

光燦耀眼的銀箔閃閃發亮。因為實在太可愛了，內心還湧起一股想立刻穿上鞋子出門的衝動。

在童話故事裡，當灰姑娘穿上玻璃鞋的時候，肯定也是這種心情。

定睛一看，放在鞋盒底部的，是我高中時寫的日記。

我再也不想看到那本日記，所以應該封印在抽屜的最深處才對。

即便如此，之所以還一直捨不得丟掉，或許是因為內心的某個角落還很重視那本日記的關係。

基於一股此時此刻非看不可的感受，我拿起日記，戰戰兢兢地翻開。

日記裡記錄著我愛上千葉同學的流水帳。

我依序瀏覽自己在高三時寫下的一字一句，歷歷如昨地想起發生過的一切。

當時光是能與千葉同學四目相交、光是他願意對我笑，我就覺得好幸福。

——我喜歡你。

就算只是懲罰遊戲，我也覺得好開心。

當××給我看她和千葉同學的對話畫面時，我難過地想尋死。

其實我早就知道，千葉同學不可能喜歡上我。

儘管如此，我還是很高興自己能喜歡上某個人。

二月二十八日

明天就是畢業典禮。

我想鼓起勇氣跟千葉同學說話，為他每天向我打招呼說聲謝謝。我要加油。

這是畢業典禮前一天寫的最後一篇日記。

應該是這樣沒錯——但是顫抖的字體後面，還有另一篇日記。

而且不管從哪個角度來看都是我的筆跡。

可是我卻一點印象也沒有。

四月一日

我們約好在京都車站見面。

Ren 一如花子的想像——不對，是比花子的想像還要更加完美的男生。

Ren 迎面走來的時候實在太帥氣了，我好緊張，甚至開始擔心起來，煩惱著我能跟這麼帥的男生好好說話嗎？

可是為了花子，我絕不能出糗，因為我誕生到這個世間的使命，就是要讓 Ren 了解花子是個多麼好的女孩。

互相寒暄之後，我們去了 Ren 事先查好的「哲學之道」，在滿樹的櫻花下天南地北地聊天。

聽到我說自己不覺得我們是第一次見面時，Ren 也一臉不可思議地同意我的說法。

隨著緊張逐漸消退，我覺得 Ren 好像花子。

這兩個人肯定沒問題的。這個想法平靜地湧現，但色彩十分鮮明。

而且時間過得未免也太快了，已經到了必須打道回府的時間。

「Kako」

Ren 今天一直喊我這個名字，但這並不是花子的名字。

「我……我的名字……其實是花子（Hanako）。」

所以，我這麼告訴他。

「這個名字很好聽，很適合 Kako。」

Ren 微笑說道。

七月七日

今天是七夕。

蓮帶著我去京都北部的「貴船神社」。

聽說是很有名的結緣神社。蓮比花子更了解京都呢。

我在象徵貴船神社的景色前拍下要給花子看的照片。這麼一來，花子應該也會發現和蓮見面並不是一場夢吧。

洗完手之後（我好後悔，早知道就奢侈一點，買一條更可愛的新手帕了，不要用以前的舊手帕），我和蓮一起在短箋上寫下心願。（當時正舉行水祭典）

「明年也能和蓮一起賞櫻」

這是我的心願，但是想到花子的立場，我有點著急，不小心寫成「明年會」。貴船神社還有一種稱為水占卜的儀式，把籤紙放進神社後面的池塘裡，用以預卜未來。

蓮先示範給我看，原本一片空白的紙張上浮現出「大吉」的文字。

他看起來很高興。

「輪到花子了。」

蓮對我說，但我沒有照著做。

因為花子的命運是屬於花子的，所以我決定把籤紙帶回家。

後來口好渴，所以我們喝了據說是用神之水製成的彈珠汽水，味道明明很普通，但只要想到和蓮喝了同樣的飲料，就覺得特別美味。

回家時突然下起了傾盆大雨，一想到花子大概會很憂鬱，就連我也覺得好難過。

但願花子醒來時雨已經停了。

十月三十一日

還是老樣子，我們相約在京都車站的大鐘前。

今天去了京都水族館。該怎麼說呢……好像約會。（其實前幾次也很像約會）

「你喜歡什麼樣的女生？」

我在閃閃發光的沙丁魚悠游其中的水槽前輕聲問道。蓮回答：「大概是遣詞用字很誠懇的人吧……」

這百分之百指的是花子。我壓抑住內心的狂喜，點頭附和：「我也有同感。」現在回想起來，當下我的反應或許有點古怪也說不定。

唉，我在蓮的面前是否有稱職地扮演好花子呢？

我有點擔心。

在蓮見到真正的花子時，絕對不能讓他察覺到不對勁。我是花子的一部分，但花子並不是我。

可是，我今天不小心誤稱（雖然也不能真的說錯）自己是「花子」，得小心一點才行……因為蓮的表情有點錯愕。

我們站在水母的水槽前聊天。水母好美，感覺怎麼看也看不膩。蓮還非常認真地拍下水母的照片。

後來我們又去看了海豚秀（我無法順利吹出操縱海豚的哨聲，不過蓮倒是很厲害）。臨別之際，蓮在紀念品賣場買了會發光的大山椒魚手機吊飾送給我。其實不是很可愛，但這是他給我的驚喜，我也感到非常開心。

花子會知道這個是大山椒魚嗎？（笑）

三月一日

為了去書店找井浦老師的書，我遲到了。

井浦老師的新作品就擺在極為醒目的位置，花子一定會喜歡的。

上次與蓮見面已經是四個月前的事了——我覺得有點緊張。

當蓮見到花子時也露出了欣喜的表情，但不肯說明失去聯絡的這段期間發生了什麼事。

不過等他準備好了，一定會告訴花子吧，所以我也不再追問下去。

然後我們前往河原町，在寺町的咖啡館吃過午餐，去看了久違的電影。自從看過電視廣告後，我就一直很想看那部戀愛動畫。

電影的劇情自不待言，再加上感人的音樂，好看得令我嘆為觀止。花子要是看了，一定也會喜歡吧，所以我就不劇透了。

看完電影，蓮又陪我去百貨公司買東西。

我想買雙鞋給花子，好讓她有朝一日想要出門的時候可以穿。

我請蓮幫忙挑選，蓮煩惱了半天，最後指著 JILLSTUART 的銀色包鞋。

好漂亮，就像是灰姑娘的玻璃鞋一樣。我毫不猶豫地買下。

買完鞋，我們走到鴨川河畔，一面喝著從星巴克外帶的焦糖瑪奇朵（我很開心，因為花子不會去星巴克，但我從以前就想喝一次了），一面把花子畢業典禮那天發生的事告訴蓮。

蓮說：「不可原諒。」

光是這句話，我的心好像就獲得救贖了。

然後，那一刻終於來了。

「我……喜歡……」

蓮一開口，我的眼淚就快要掉下來了。

就像花子看《花物語》時感動落淚那樣，我好高興，高興得淚眼朦朧。

因為我日夜都在祈禱花子的戀情能開花結果。

我沒告訴花子，蓮是這麼喜歡她。

所以我說：

「那個……接下來的話……可以請你用訊息傳給我嗎？」

蓮目瞪口呆地說：「為什麼要搞得像拍廣告。」

「因為……我最喜歡蓮傳給我的訊息了，所以……求求你。」

我牽強地說。

蓮覺得有些莫名其妙，但還是點點頭說：「我知道了。」

回家路上，我們第一次牽手。（抱歉啊，我沒有拒絕）

蓮的手很大，很溫暖。

「下次見面訂在三月三十一日好嗎？那天是花子的生日。」

我在票閘前說道。我又不小心稱自己為花子了，蓮可能會覺得我很詭異吧。

「好的，我十二點在大樓梯上等你。」

蓮不疑有他地說。

「改天見，蓮。」

臨別之際，我向他道別。其實應該說「永別了」才對。

因為我再也見不到他了。

花子，你明白這句話是什麼意思吧——？

＊

花子看著日記的內容，因為完全沒有書寫的印象，等於是重新體驗了一遍。

依稀以為是夢境的種種，開始變得如此清晰。

與蓮第一次相遇的事、蓮喊他名字的事、手牽手的事、一次又一次的約會、說過的話……這一切都成了花子的記憶。

至此，花子終於意識到。

在自己體內，還有另一個自己。

——那並不是在做夢，另一個自己真的與蓮見面了。

花子意識到**我的存在**了。

第八話

這是花子獻給花子的花物語

我第一次見到花子，是花子穿著紅色洋裝去學校的那一天。

就在與她交情最好的由香里驚聲尖叫的瞬間，我誕生了。

受到有如五雷轟頂的強烈打擊，花子的感情四分五裂，在潛意識中把我創造了出來。如果不這麼做，她的心可能會因為悲傷過度而死去。

於是從那一天開始——我就一直與花子共存。

換句話說，我是花子創造出來的另一個人格——或者該說是另一個意識。

我是花子創造出來的理想人格，所以我的性格比花子開朗，凡事都能從超然物外的觀點來看待，遇到痛苦的事也不會輕易崩潰。從這個角度來說，我與花子可以說是位在光譜的兩端。

當然，花子並不知道我的存在。

也沒有注意到我。

就算有人告訴花子，在她的體內還有另一個意識，她也不會相信吧。

可是我知道花子的事情。

知道花子從小到大都經歷過什麼，知道她所有的一切。

＊

剛誕生的時候，我有一段時間沒有名字。這也難怪，因為沒有幫我取名字的人嘛。

雖然也沒有人會叫我，但沒有名字還是有點不太方便，無可奈何之下，只好從花子的漢字，以日文音讀的方式為自己取名為「Kako」。

所以當花子為自己在 APP 裡的人物暱稱取名為「Kako」時，即使只是偶然，我還是感到很高興。

我覺得自己真的和花子心靈相通了。

大部分的時間，花子的身體都是她自己的。

花子清醒的時候，我只是像個守護靈似地守護花子的意識。

花子睡著的時候，我也同樣在睡覺。

可是當花子受到一些重大的衝擊，導致她不是睡著、而是放開自己的意識控制權時，我就能照自己的想法恣意讓花子的身體行動。

我第一次支配花子的身體，是在由香里朝她尖叫的一週之後——。

大概是同學連日來無聊的尖叫遊戲令花子身心俱疲，所以到了平常該起床的時間，她都還沒起床。

今天乾脆裝病不去上學，在家休息好了。

花子在半夢半醒之間做出了決定，就這樣繼續蒙頭大睡。

然而。

這時花子的意識其實已經完全清醒了。畢竟花子的性格很老實，明明沒有生病，怎麼可以不去上學的想法，才導致事情陷入兩頭不到岸的狀況。

「花子，怎麼啦？該去學校了。」

大概是擔心花子怎麼遲遲不起床，母親從樓下叫他。於是我就在床上睜開眼睛回答：「好，我馬上下去。」

這是我有生以來說的第一句話。

我離開床鋪，打開衣櫥，穿上紅色洋裝。我一直很想穿穿看這件紅色洋裝，而且這件衣服非常適合花子。反正不管有沒有穿上這件衣服，都會引來尖叫的話，還不如當個可愛的花子。

「我還以為你不喜歡這件衣服。」
走進客廳，母親看著我說。
「不會啊，反而是太喜歡了，怕弄髒，所以才捨不得穿。」
我笑著咬下母親幫我準備，塗上厚厚一層奶油的吐司。
「是嗎，那就好。可是也不要勉強自己喔。」
母親或許已經隱約察覺花子遭遇到什麼樣的對待了。
「我沒有勉強自己喔。那我去學校了。」
我神采飛揚地出門上學，紅色洋裝也隨風飄逸著。
光是能靠著自己的意識走向學校，就覺得好快樂，映入眼簾的一切都相當耀眼，充滿了活著的感覺。

可是一到學校，我就成了幽靈。
「救命啊！是廁所裡的花子小姐！」
對於那些看到我就發出虛假尖叫聲的同學，我並沒有任何感覺。
只是一想到花子生活在這種環境下，就讓人感到痛心，好希望能幫助她。

但我能做的事相當有限。

「由香里。」

走在通往音樂教室的走廊上時，發現由香里就走在前面，於是我出聲叫住她。

由香里聽見有人呼喚，結果一轉過身來就看到我，露出了尷尬的表情。

「我、我不是叫你不要跟我說話嗎！」

但我總覺得這不是她的真心話。

「抱歉。但我相信總有一天，你會再和我變成朋友的。」

我看著由香里的眼睛，冷靜地說。

由香里當時並未尖叫，只是目不轉睛地注視我的雙眼。

這時，上課鐘聲響了，我在與由香里保持一定距離的狀態下走向音樂教室。

然後，我就以花子的身分度過了那一整天，彷彿我生來就是花子。

直到夜幕低垂，花子都沒有醒來。

花子再次失去意識，就是那一天——從高中畢業典禮回家的路上。

升上高三的花子喜歡上了班上一個姓千葉的男同學，千葉就像從少女漫畫走出來的那種活潑開朗的男孩子。

我也覺得每天都會向花子打招呼的千葉還不錯，認為即使無法兩情相悅，只要花子的單戀能一直持續下去也無妨。

只不過在畢業典禮當天，花子的戀情和她的心，都一起變得支離破碎，灰飛煙滅。

千葉向花子告白了，但那奇蹟似的告白原來是╳╳逼他來整花子的。

花子只是單戀而已，為什麼要對她這麼殘酷呢？

花子太傷心、太難過了，連哭都哭不出來，一心只想從這個世界消失，所以就在回家的途中昏倒了。

於是我接收了花子的身體，義憤填膺地走回家。一路上，我都在擔心花子。

自從我在花子的體內誕生後——我看到的花子確實有她過於膽怯的一面，但是無論受到再大的傷害，她也不曾傷害別人。花子是個性格溫柔、天真浪漫、熱愛閱讀、心地非常善良的女孩子。

我真的——真的很希望她能得到幸福。

不對……我認為她應該要得到幸福才對。

然後是第三次——。

我不會忘記第一次與蓮見面那天的事。

那天晚上，花子在收到蓮傳來的訊息後就失去了意識，於是我又接收了她的身體。距離畢業典禮那天，已經相隔了三年。

基於過去的經驗，花子一旦暈倒，至少也要十二個小時才會醒過來。

於是我心想——有沒有可能利用花子失去意識的空檔，代替花子去見蓮呢？

我以顫抖的手回覆訊息。

「我也想見你。」

實在太緊張了，我還大大地呼出一口氣。

因為這幾乎是個賭注。萬一花子在中途醒來，一切就走向Bad End了。

可是這種情況下，我也非進行不可了。如果這次不去見蓮，花子一定會在這個房間裡凋零枯萎，這點用膝蓋想也想像得到。

可是也不能穿著運動服出去。如果是新的還好，但這件運動服已經破破爛爛了。我不知所措地打開衣櫥，裡頭是母親買給花子、五顏六色的衣服。雖然都很漂亮，但全都是小朋友的尺寸，現在的花子已經穿不下了。

除此之外，只有幾件比破破爛爛的運動服稍微好一點的洋裝，但顏色太樸素，看起來很廉價，不適合二十一歲的女生穿出去約會。

我利用貼在衣櫥內側的鏡子梳理亂七八糟的頭髮，換上還算可以出去見人的衣服，躡手躡腳走下一樓。

和蓮約在正中午。我小心翼翼地推開大門，提前三個小時偷溜出去。因為母親絕不會擅自打開花子的房間，所以就算溜出去半天，母親大概也不會發現花子不見了吧。

然而，要解決的問題堆積如山。首先，花子房裡沒有任何的化妝品，所以素著一張臉。或許我已經看習慣了，並不覺得花子脂粉不施的臉難看到哪裡去。

不過盡可能打扮得可愛點去約會，不僅是少女的任務，也是我的使命。

我從花子看過的少女漫畫得到靈感，決定在與蓮見面之前，先直奔京都車站的伊勢丹百貨化妝品賣場。

我和花子一樣，過著不起眼的校園生活，很少看時尚雜誌，對化妝品的牌子陌生得很，之所以會踏進 JILLSTUART 的專櫃，純粹是因為架上展示的商品很可愛，亮晶晶地活像是公主使用的化妝品。

「我沒化過妝，可以請你幫我化妝嗎？今天是我第一次約會……想打扮得可愛一點。」

我有點緊張，以顫抖的聲音說道。

「包在我身上。」

專櫃小姐嫣然一笑，爽快地幫我上妝。雖然我比花子有行動力，但也不曉得該怎麼化妝。

「如果是約會的妝，最好給人清純的印象。」

櫃姐爽朗的語氣有些矯揉造作。

我雙眼發直地盯著鏡子看。花子不愛照鏡子，所以這是我第一次在這麼明亮的地方照鏡子。

即使從我的角度來看，花子的五官也只能以樸素來形容。

眼睛內雙，鼻子也沒有明顯的特徵，唇色也不夠亮眼，可是沒什麼大缺陷，輪廓也很工整。我一直認為只要化好妝，花子應該就會變得明媚動人。

而且花子皮膚很白，再加上最近都躲在家裡不出門，皮膚還比以前更加晶瑩剔透。

但是這讓花子很自卑。大概是少女時代的心靈創傷，明明皮膚這麼好，卻認為自己像是幽靈一樣。

「你覺得這樣如何？」

我凝視著櫃姐為我完成的妝容。

——花子。

再也沒有比這個名字更適合鏡子裡的女孩子了。

花子的臉果然很適合上妝。以她的容貌，至少不會被初次見面的人討厭。我當成自己的事般鬆了一口氣，替花子高興。

「謝謝你。我要一套剛才用的化妝品和這個化妝包。」

我指著檯面上的小碎花化妝包。明知去藥妝店可以買到更便宜的商品，但是把化妝品裝進同一個牌子閃閃發光的化妝包，或許就可以對花子施展魔法了。

之後我離開伊勢丹，前往京都車站地下街尋找適合花子的衣服。

繞了一大圈，試穿過一大堆衣服後，我覺得適合花子的衣服至少都要價上萬日圓。有些店賣得比較便宜、款式很流行、設計得也很可愛，穿在身上肯定一點問題也沒有，但是對花子來說，今天是個特別的日子。

母親經常說便宜沒好貨，而且就算今天穿了沒問題，他日花子打開衣櫥看到時，應該也會很失望吧。

我煩惱了好久，雖然超出預算許多，但還是在不同的店買下白色羅紋針織帽和今年流行的碎花裙、以及想必配什麼衣服都好看的基本款米白色三公分包鞋。

「我可以直接換上嗎？」

結帳時徵求店員的同意後，我在試衣間換上新衣服。

雖然很浪費，但是穿來的衣服太礙事了，所以我把它們扔進車站的垃圾桶裡。反正從高中穿到現在，已經破破爛爛了，花子應該不會怪我吧。

加上整套化妝品，總共花了五萬日圓。原本沒打算花這麼多錢的，但是為了重要的約會，這樣做應該不會遭天譴吧。

話說回來，我怎麼有這麼多錢呢？實不相瞞，來百貨公司前，我從花子存的壓歲錢裡偷偷提領了十萬日圓。

基本上，花子從學生時代就只買書而已，就算花光零用錢，也不會動用到壓歲錢，因此花子有將近四十萬日圓的存款。

但我也不會浪費這筆錢，不管是化妝品還是衣服，遲早都會移交給花子。
這一切都是為了花子——為了花子的故事。
接下來還有個問題，就是要處理頭髮。出門前雖然梳理了一下，但完全沒有型。花子平常也不怎麼護髮，髮尾毛燥到令人難以想像的地步。
該怎麼辦？這時我有點著急，距離約好的時間也只剩一個小時了。
我不敢隨便剪掉花子的頭髮。
只能指望專業髮型師的巧手應該能搶救一下太長的瀏海。
我用花子的手機搜尋車站附近的美容院，立刻打電話預約：「我想護髮、做造型，現在可以過去嗎？」然後就拔腿狂奔而去。
今天一定要以最完美的狀態去見蓮——。
這是我唯一的心願。

京都車站的大樓梯。
之所以約在這裡，是因為高中的時候，花子放學都會在這裡看書，非常讓人懷念。我和花子一起看過很多書，特別是《花物語》，真的是一本感人肺腑的書，感覺就像是專門為花子所寫下的作品。

可以的話，我好想再看一次那本書，可是花子大概不會再重看《花物語》了。

等待蓮的過程中，我變身成連花子本人也認不出來的花子。

沒想到女生只要稍微改變一下髮型就能變得如此嬌俏可愛，暗淡無光的學生時代簡直就跟騙人的一樣。

我甚至認為花子果然無心讓自己變可愛——當然也可能只是害怕變可愛。

要是沒有發生「廁所裡的花子小姐」的騷動，即使有點不起眼，花子還是能成為一個普通的女孩。雖然一想起來就氣得咬牙切齒，但若沒有那場騷動，我就不會遇見花子了。

也不會與蓮相遇。

或許所有的偶然都是必然。

距離約好的時間還有十分鐘時，蓮出現了。當他的身影進入我的視線後，我的緊張感也來到了最高點。

因為蓮比花子想像的形象更迷人。明明已經打扮得這麼可愛了，但一想到要和這麼棒的男孩子打交道，還是會讓人信心大失。但是我不能退縮，必須表現得落落大方、必須表現出花子討人喜歡的一面才行。

可是再怎麼努力，指尖依舊顫抖不已。因為我也跟花子一樣，一直都躲在家裡顧影自憐，而且我也沒跟男生說過話。當意識屬於花子時，自然沒有機會跟男生說話，而且絕大部分的時候，我都只是順著花子的情緒和文字去感受而已。

但是，我絕對不能讓這次的約會以失敗收場。

「你是……Ren嗎？那個，你好，我是Kako。」

我費盡九牛二虎之力擠出聲音，面露微笑。

請讓花子得到幸福。

因為花子是這麼棒、這麼好的女生——。

或許因為我每天都和花子一起期待著蓮傳來的訊息，所以在那一天，我不覺得自己和蓮是初次見面。

在京都車站與蓮分開後，我偷偷摸摸地回家，以免被母親發現。

恰巧，母親也剛好出去買東西。話說回來，母親平常都是在這個時間外出購物的，因為我一直窩在家裡，所以知道這點也是很正常的。

溜回到自己二樓的房間，我換下衣服，再將它們掛進衣櫥。

如同把花插進透明花瓶，索然無味的衣櫥頓時明亮起來，好想一直像這樣欣賞今天新買的衣服。

但不曉得花子什麼時候會醒來，所以不能再磨蹭下去。

我趕緊下樓洗澡。

當花子醒來時，要是頂著一張化上全妝的臉、梳著時下女生輕柔飄逸的髮型，未免太不自然了。

更何況，必須要由花子本人來發現自己其實可以變好看才行。

亂糟糟地吹乾頭髮，換回平常穿的運動服，我又變回了足不出戶的花子。

寫完日記後，我躺到床上，在不知不覺中累得睡著了。

在我再次醒來時，花子已經取回意識的主導權。

想當然耳，花子握著手機，完全不知道發生了什麼事。我也在心裡對驚慌失措的花子說了聲：「加油。」

從此以後——隨著季節遞嬗，蓮不止一次傳來了「我想見你」的訊息。

可是花子大概還不敢出門，所以每次收到這種訊息時，都會產生排斥反應。

而我每次都借用了花子失去意識的身體。

隨著見面的次數逐漸增加，我覺得蓮其實跟花子很像。

隨著談話的次數逐漸增加，我更確信這兩個人肯定能發展順利。

不過，除非出不了門的花子對蓮產生「我想見你」的強烈衝動，這種奇蹟般的狀況才可能發生。

蓮帶花子（我）去了很多地方。

我一面享受這段幸福的時光，盡全力表現出花子真的是個討人喜歡的女孩。

雖然我也對於自作主張這點懷抱著罪惡感，但是透過我的努力，肯定會改變些什麼的。

假如我是花子，花子就是我，那麼花子的內心應該也會有所變化。

可是花子似乎把我的努力視為一場夢，即使訊息中已顯示蓮見過她，但她還是不相信自己真的和蓮見面了。

所以我盡可能留下蓮與花子見過面的證據。

貴船神社的風景照、水占卜籤紙、蓮送給他的大山椒魚手機吊飾。
而且每次回家，我都會寫下詳細的日記，但願花子看到時能喚醒她的記憶。
我很喜歡每次出去約會，衣櫥都會多一套漂亮衣服的感覺。有朝一日花子看到之後，大概也會很開心吧。我迫不及待想看到那一天的來臨。

只不過，還是出事了。

從水族館回家的那天——我的存在曝光了。

「花子……？」

在我正要脫鞋的時候，就被買完東西回來的母親逮個正著。
我並不是故意要被發現的，但或許我也真的是賭了一把，賭母親會察覺到我的存在。
我不動聲色地轉過身。當母親看到我妝容完美的臉、造型秀麗的頭髮，以及打扮得跟平常判若兩人、充滿女人味的服裝時，大吃一驚。手裡的購物袋當場掉在地上，傳出雞蛋破掉的鈍響，蘋果也滾了滿地。

「我……不是花子……」

我直視母親的眼睛說著，心想母親大概會說「你在說什麼呀？發生什麼事了？」

「……很久以前……你是不是穿了那件紅色洋裝去學校？」

沒想到母親一瞬也不瞬地平視我的雙眼問道。

「你怎麼……會發現？」

我嚇了一大跳，聲線顫抖。

「我也不太清楚。但我認為那孩子再也不會穿上那件洋裝了，所以總覺得眼前這個人應該不是花子，沒想到還真的不是花子。」

母親說到這裡，噗哧一笑。

就算以為我瘋了，把我帶去看醫生也不為過，但母親卻再自然不過地接受了突然出現的我。難不成母親其實早就知道，只是一直裝作不知情嗎？

「因為我覺得那件衣服非常適合花子。」

困惑歸困惑，我還是據實以告。

「謝謝你。我一直很後悔……後悔為什麼要送她那件衣服。所以那天看你又穿上同一件衣服，我真的好欣慰……」

母親果然知道花子被欺負的事，我覺得心好痛。

「花子她……其實很喜歡那件衣服。」

我安慰母親。

當時從母親眼中流下的淚水，或許已經在她心裡蓄積了十多年了。

「媽……如果花子說她想要改變的時候……請把這個交給她，就說是她最好的朋友送的禮物。請告訴花子，我會一直守護著她。」

我從皮包裡拿出JILLSTUART的化妝包，交給母親。

不知道為什麼，我突然哭了出來。或許是很高興能對著母親喊出一聲「媽」也說不定。

母親緊緊擁住不是花子的我。

「謝謝你。你一直……待在花子的身體裡面嗎？」

母親在我耳邊輕聲說道，溫柔的聲音讓人聯想到生命的誕生。

「……對，我會一直待在花子的身體裡，直到永遠——」

我靜靜地閉上雙眼，委身於有生以來第一次感受到的溫暖。

雪白的櫻花瓣輕盈地在眼皮內側飄落，沉沒在小溪底部。

在那之後又過了兩個月，大約是新年的兩週後，花子終於收到了那個化妝包。

在盥洗室剪掉瀏海的瞬間，雖然花子流下了眼淚，但我的內心卻充滿喜悅。

彷彿看見一縷光明射進了黑夜之中。

因為，這證明花子已經準備好去赴蓮的約會——準備好要踏出家門了。

加油，花子，加油。

長久以來，我都只能在心裡鼓勵花子。而我的聲音，也無法傳到花子那邊。

但是，已經不用擔心了。

花子和蓮——一定能相遇。

直到那天來臨前，我會扮演好花子的角色。

接下來——是我扮演花子的最後一天。

我並沒有認定那會是最後一天，但是直覺告訴我，那天肯定是最後一天了。

距離約好的十二點還有點時間，於是我在京都車站的地下街漫步，尋找適合花子穿的衣服。

就在我悶著頭往前走的時候，有個人撞進我的視線範圍，令我一陣暈眩。
因為迎面而來的人，竟然是——千葉。
當下我的意識陷入混亂，心跳也快得不正常，這肯定是花子的心跳聲。
這個傷害花子的傢伙太可恨了，絕對不能原諒。
我好想對他破口大罵。
可是又不願繼續擴大花子的心靈陰影，而且花子大概也不會出口傷人。
加上我剪短瀏海，還化了妝，他一定認不出來的。
但就在我們擦身而過的瞬間。
「請問……」
千葉叫住了我。
「請問……你是山岸同學嗎？」
千葉問道。
大概並不是基於我的意識，而是花子的意識不由自主地產生排斥反應，要是不繃緊神經，我可能會當場暈倒。
「……不是。」

心臟撲通撲通狂跳，我垂下視線，微微搖頭。我並沒有說謊，我的確不是山岸花子，我只不過是山岸花子創造出來的副產品。

「不好意思……因為你們長得很像。」

——長得很像。根本判若兩人好嗎，他怎麼會這麼想？看在千葉眼中，花子是這個模樣嗎？

話說這傢伙到底在想什麼？對花子做了那麼可惡的事，就算在路上看到花子，應該也不敢開口叫住花子吧。

「……如果我就是那個人，你打算對我說什麼？」

明知道這樣很不自然，但我仍情不自禁反問。萬一他想說些不經大腦思考的話，我一定會給他好看。

「這個嘛……等我遇到那個人，我自然會告訴她。」

千葉咬緊下唇，遲疑了半晌才一臉苦惱地說。

不管他想說什麼，我都祈禱花子不會再遇到他。我沒再回答，逃命似地離開現場，心臟差點就要爆裂了。

但願——但願花子現在沒有做惡夢。

約定的時間就快到了，但我還是動彈不得，愣在原地好一會兒。

到底是怎麼了?我突然好害怕見到蓮。

我想盡辦法移動身體，走向花子學生時代經常去光顧的書店。

接著就在店內四處尋找井浦老師的書。就算只是隨便翻翻，我也想再看一次《花物語》，好讓心情平復下來。

可是遲遲找不到那本書。

「請問這裡有井浦老師的《花物語》嗎?」

回過神來，已經過了約好的時間，我急著向店員詢問。

「呃，那本書已經下架了，但是有井浦老師的新作品喔。」

新作品——?

井浦老師有新作品啊，我都不曉得。因為沒辦法出門，自然也沒辦法去書店。

「在這裡。」

店員帶我走到文學類的新書區，堆成一大落的新書就擺在十分顯眼的地方。

《在4.7吋的世界愛上你》

看到書名的瞬間，內心頓時一陣悸動。

封面描繪著手機螢幕，裡面有張面帶憂愁的少女側臉，是那位就連我也認識的知名插畫家經手的，鮮艷的用色令人眼睛為之一亮。

翻開書，一看到開頭，我的雙腳差點就站不住了。

因為——那簡直就是花子的故事。井浦老師為何總能寫出彷彿為花子量身打造的故事呢？

我甚至有種預感，只要看了這本小說，花子內心應該會產生某些變化。

我毫不猶豫地買下那本書，加快腳步走向與蓮相約見面的地點。

然後，我的最後一次約會也接近了尾聲。

「那我回去囉。」

蓮在八条口的新幹線票閘前對我說。

——終於要說再見了。

「那個，蓮……」

「什麼事？」

「……我很高興能遇見你。」

當這個想法真的轉變成話語時，眼淚也差點掉了下來。

「嗯，我也是。」

蓮溫柔地微笑回答。我好喜歡他這種表情，我猜花子肯定也喜歡。

「對了……下次見面訂在三月三十一日好嗎？那天是花子的生日，可以到時再給你答覆嗎？」

此時此刻，我連自己不小心稱自己為花子都沒發現，只想再跟蓮多說幾句話。

「嗯，好的，我十二點在大樓梯上等你。」

「謝謝。還有……最後我想再跟你說一件事。」

自從我被花子創造出來的那天開始，花子就一直活在黑暗裡。

所以我才會活在花子體內——我本身就是花子不幸的證據。

花子，我最喜歡的花子。花子一定要活在希望裡、一定要和最喜歡的蓮攜手迎接幸福美滿的結局。我就是為此才被創造出來的。

「什麼事？」

等到花子主動向蓮說要見他的瞬間——我大概就會消失了。

所以最後，請讓我做一次自我介紹。

「我啊……我的名字叫 Kako。」

雖然無法說得太清楚。但我想讓蓮知道，我既是花子，也不是花子。

抱歉，我說謊了。

不過，為了讓人得到幸福的謊言——肯定無傷大雅。

「那個，我知道啊。」

蓮莞爾一笑。

「說的也是。」

我也笑了。

「嗯。那麼 Kako——改天見。」

蓮半開玩笑地喊了我的名字。

「嗯……改天見，蓮。」

我頭也不回地轉身、頭也不回地走進了人群之中。

淚水滴滴答答地落下，有如大雨滂沱。

蓮，蓮，再見了。

哲學之道、貴船神社、水族館……每個地方都好好玩，那段時光非常、非常快樂，讓我覺得能誕生到這個世界上，真的是太好了。

但是不要緊的，我不難過。

因為我——因為我會變成花子。

＊

讀完這些自己從沒寫下過的日記，與蓮出遊的吉光片羽有如涓滴細流注入我心裡。

那並不是影像，而是記憶，蓮的身影模模糊糊地看不清楚，但是和蓮見面的感覺，確實存在於我的心中。

啊……這一切都不是夢。

「我與蓮見過面……」

並不是夢遊症——。

在我的身體裡，還存在著另一個我。

腦中一片空白，一時半刻還無法理解這一切，但我現在已經能感受到另一個人的存在。

難道說，我是多重人格嗎？

可是這二十二年來，我都沒有這種感覺。

除了睡著的時候，我都是以自己的身分過日子。

若是要說有什麼想不起來的記憶，只有十年前明明裝病在家，卻還是去了學校的那次、高中畢業典禮那天的回家路上的那次、還有與蓮見面的那幾天。

難不成……還有另一個我在支持著我？替裝病的我去學校、替無法出門的我去見蓮。會有這種感覺，應該不是我的錯覺。

給我化妝包時，母親是這麼說的：

「那個人說是你最好的朋友，說自己會一直守護你。」

那一定是……另一個我。

讓我的衣櫥變得如此充實、買鞋子給我、幫我買井浦老師的新書、還有留下那本日記的——肯定都是另一個我。

既然如此，母親也見到那個不是我的「我」了？

好想立刻向母親確認，但又不敢問。

並不是害怕知道真相，而是假如這一切都是真的，我將再也見不到另一個自己了。

我激動地抱緊自己的身體。

——謝謝你。

我在心裡輕聲說道。

不可思議的是，我一點也不害怕自己還有另一個意識。

就算在我的身體裡還有另一個意識，那也是我創造出來的，說不定因為有這個意識，我才能一路撐到現在。

而且看了日記，我千真萬確地感受到，她比我自己還重視我這個人——。

「呼。」

我靜靜地深呼吸。

日記上寫的相約日期是三月三十一日十二點——就是明天，不，日期上已經是今天了。

今天是我的生日，也是兩年前，第一次收到蓮傳來的訊息、命中註定的那天。

有句話我一直想告訴蓮——卻又說不出口。

每次收到蓮傳來「我想見你」的訊息時，我都打到一半就失去意識，遲遲沒能傳給他的回覆。

——我也想見你。

我拿起自己很喜歡的鋼筆，用力地在日記的最後一頁寫下這句話。

訊息已經送不出去了。因為我刪掉APP，即使重新安裝之後也找不到蓮了。在那之後也沒有回覆，蓮會不會依約出現在京都車站，其實我也不清楚。

但是，如果明天能見到蓮的話，我想告訴他，我想讓他知道我的心情。

所以我要去見蓮——。

我下定決心，站了起來，唰地一聲用力拉開窗簾。

清晨的刺眼陽光射進禁錮我四年的房間，照亮房間裡浮游的塵埃，宛如亮片在空中飛舞，光燦耀眼。

櫻花如雨，在窗外翩然飄落。

再過一會兒——我就要衝進這場櫻花雨之中了。

心臟撲通撲通地狂跳。

蓮會以什麼樣的聲音說話呢？

又會以什麼樣的表情微笑呢？

……他，會在那裡等著我嗎？

沒問題的。一定……能見到面——。

我設好手機鬧鐘，準備小睡片刻。已經不再做夢了，唯有落英繽紛的櫻花雨烙印在視網膜上。

最終話

花雨

之所以會感覺和一年前一樣又掉進黑夜的最底層，肯定是因為不只花子不再傳訊息給我，就連 Kako 也消失在 flower story 的朋友欄。

「唉……」

內心深處還以為自己和花子都對彼此有感覺。

回頭想想，那或許只是我的一廂情願也說不定。

花子從來沒有主動約我見面，也沒說過喜歡我，就連我要告白時都被她阻止了。

花子太善良了，所以大概是不忍心傷害我吧。

「唉……」

——三月三十一日是花子的生日。

臨別之際，花子是這麼說的。當時花子的語氣像是在告訴我她好朋友的生日那樣，讓人感覺不太對勁。

可是傳訊息給她，她也沒有回應，就算我明天去到我們相約的地方，能見得到花子嗎？

難道我命中註定無法得到任何人的愛嗎？

「唉……」

感覺生無可戀。

「雨下先生，你從剛才就一直嘆氣喔，怎麼了？」

見我意志消沉，正在依照員工手冊準備關東煮的蒼森隨口關心起我的情況。

「啊，抱歉，我一直嘆氣嗎？」

我完全沒有意識到，連忙擠出笑容，繼續處理油炸食品。

「沒錯，一分鐘大概就嘆了三次氣！不過這有必要道歉嗎？還有，不開心的時候不必勉強自己笑喔。」

蒼森咧嘴一笑，露出雪白的牙齒。

『蓮——不開心的時候不用勉強自己笑喔。』

我突然想起花子上次也這麼對我說。

難不成其實我早就被大家看破手腳了。

「對了，今天是我最後一天上班。」

「啊，對耶，辛苦你了。聽說你要去念服飾的專門學校？」

「沒錯，我好興奮。因為我好像是備受期待的新星呢。前陣子參加說明會的時候發現有很多打扮時髦或個性有趣的傢伙，這下子或許終於可以交到朋友了！話說回來，雨下先生，你打算一直在這裡打工嗎？」

蒼森的問題還是這麼直接，但是對我小心翼翼也只會讓人覺得很虛偽，所以我寧可她直接問。

「其實我下個月也要辭職了，打算先回老家一趟。雖然為時已晚，但我想要找正職的工作。」

下個月就要搬出現在住的地方了。或許老爸想要一個人靜靜地死去、或許我不在他身邊還比較好，但那樣實在太寂寞了。

其實我很渴望被愛。

所以才總是擠出笑容，以為只要自己這麼做的話，遲早會有人愛我。

結果還是白忙一場。但我想以笑容送老爸最後一程，我能做的也只有這些。

「只要開始就不算晚，像專門學校就有各種年齡層的人。」

蒼森把關東煮擺得整整齊齊，一臉沾沾自喜的模樣。

「這樣啊，說的也是，謝謝你。」

「就是這樣。話說你想找什麼工作？」

「嗯，什麼都好。我沒有特別想做的事，也不想成為特別的人。只不過……我想去京都找工作。」

我邊把剛起鍋的炸雞放進熱食櫃邊說。

如果花子也喜歡我的話，我想陪伴她一起掙脫黑夜的泥淖。

「為什麼要去京都？東京的工作機會明明比較多。」

「是這樣沒錯，但我愛上京都的街道……也想和喜歡的人在一起……所以……」

我有點害羞地說，就連自己也覺得肉麻。可是既然井浦先生說這就是幸福，我也認為一定是這樣。

「哦，這不是太好、太讚了嗎！」

蒼森露出不懷好意的笑容，語帶調侃地哈哈大笑。

＊

第二天，我在京都車站下車，春天的氣息頓時迎面而來。

這陣子東京一直都是陰天，所以沒發現季節已經來到春天了。

今天我沒有搭手扶梯，而是順著大樓梯一階一階拾級而上。

離約好的時間還有十五分鐘。

坐在約好的大鐘前台階上，從外套拿出手機，打開 flower story。APP 裡到處都找不到花子的蹤跡。真希望是系統的哪裡出了差錯，但出差錯的機率微乎其微。

「唉……」

我又無意識地嘆了一口氣。

但我已經不是因為想死才嘆氣。

而是因為墜入了情網。

每個人誕生到這個世界上，都是為了與某個人相遇，沒有人被生下來就只是為了自己。

與花子相遇後，我明白了這一點。

倘若花子不來赴約，今天大概就是我最後一次啟動這個 APP 了。

畫面上綻放著兩年來細心培育的花朵。

就算花店業績再好，回歸到現實世界也毫無意義。

起初只是為了打發時間才安裝這款 APP。

下載時，完全沒想到會因此遇見了花子。

人生或許沒有所謂的徒勞無功。

人生在世所感受到的一切，或許都只是為了與某人相遇。

手機上方顯示著十一點五十五分。

還有五分鐘……

我望著 Kako 已經消失不見的 flower story 朋友欄。或許，我仍在等待 Kako 會再次上線。

這時，有個影子篩落在手機螢幕上。

一雙銀色包鞋同時映入眼簾，我嚇了一跳，心臟被狠狠揪住。

因為那雙鞋是花子要我幫忙選的——說是要送給朋友的禮物。光線反射在鞋面上，燦若星辰。難不成是花子的朋友替她來了？如果是那樣，肯定是來替她拒絕我的告白……

滿腦子都是負面思考，我戰戰兢兢地抬起頭來。

而站在我面前的——是花子。

肩上掛著薄荷綠的斜背包，身上穿著輕柔飄逸的白色洋裝。這身裝扮非常適合她，簡直像是專門為花子量身訂製的服裝。

花子好像也沒搭手扶梯，應該是一路從樓梯跑上來的吧，現在還氣喘吁吁。

「那個……請問……你是蓮嗎？我……我是……花子。」

呼吸尚未調勻過來，花子以顫抖的聲音問道，彷彿我們是第一次見面。

與最初相遇時如出一轍的台詞，這是什麼精心設計的演出嗎？

「對，你好，我是蓮。」

回憶起初遇那天，我半開玩笑地說。

「你果然是蓮……太好了……能見到你……能見到你……真是……」

花子露出隨時都要哭出來的表情，雙手摀著嘴巴說道。

雖然也覺得有點誇張，但是在聯絡不上的情況下，花子大概也擔心見不到我吧。而且花子今天是來回覆我的告白，所以心情上很緊張也說不定。

「嗯，謝謝你來赴約。因為你的帳號消失了，我還以為被你討厭了呢。」

「啊，抱歉……我不小心……刪掉了。」

花子支支吾吾地說，滿臉歉意地垂下眼睫。

我已經不在乎這話是真心還是謊言，畢竟花子還是來赴約了，這就是一切。

「是嗎，那就好……因為連訊息畫面都消失了，早知道就先存下來，因為我也很喜歡花子傳給我的訊息。」

我有些腼靦地笑著說，花子也跟著笑了。

是花子編織出的優美文字，點亮了過去在我眼中只是虛擬世界的畫面。

是花子的訊息，將我從黑夜拯救出來。

我不動聲色地回望花子，心臟以前所未見的高速在鼓動著。

不知道為什麼——我總覺得現在與花子好像是初次見面。

因為她的妝跟平常不太一樣嗎？

「不過，我知道你一定會來赴約。」

我凝視花子刷上淡粉紅色眼影的眼皮說著。

心裡其實七上八下，但這時稍微逞點英雄應該不會遭天譴吧。

「……花子，過來坐我旁邊。」

我拍拍自己身旁的空位。

花子怯生生地在我身旁坐下，感覺她非常緊張，所以就連我也跟著緊張起來。

「……我每年都很害怕過生日。因為我媽為了生下我，在我出生的那天就過世了，所以沒有人會為我慶祝生日，就連我最心愛的男爵，也是在我生日那天……放學回家時，男爵已經一動也不動了。我甚至覺得自己是不是被詛咒了，為何總在生日那天失去重要的東西，也很害怕始終一事無成，就這麼無意義地老去……認為自己根本不應該被生下來。可是那天，第一次有人對我說『感謝你誕生到這個世界上』，能聽到花子這句話，我真的非常開心。」

那天看到零點整準時傳送過來的訊息，我真的感動到差點落下男兒淚。有生以來第一次覺得能被生下來真的是太好了。之所以會想跟花子見面，或許也因為這個緣故。

「所以我也想對你說。花子——生日快樂，感謝你誕生到這個世界上，感謝你能與我相遇。」

我從背包拿出一本小說。

不用說也知道是《花物語》。我遞給花子。雖然我還準備了另一份像樣點的生日禮物，但還是有點後悔沒有先包裝一下。
「翻開來看看。」
花子接過後，掀開到第一頁，隨即瞪大了雙眼。
紙頁上有井浦先生的簽名。
「這個……你是怎麼……」
花子不可置信地問道。我一直在等待的，大概就是這一刻。
「因為……這一定是花子命中註定的書。」
「命中註定……？」
「花子，你以前問過我相不相信命運對吧？其實我從來沒有思考過命運這檔事。因為我以前沒喜歡過任何人，要是真有所謂的命運，我的命運肯定很悲慘。但是花子讓我知道，命運是很閃亮的東西。我內心深處一直有想死的念頭，可是遇見花子之後，我開始想努力、開始想活下去。所以……我認為我的命運就是要和花子相遇。」
在這個廣闊無際的世界裡，我與花子相遇的機率大概只有幾百萬分之一，甚至是幾千萬分之一。

但就算只有幾億分之一，命運也註定我一定會與花子相遇。

「嗯，謝謝……我也這麼認為。我也覺得……能與蓮相遇是命中註定。」

晶瑩剔透的淚珠順著花子臉頰滑落，我明白這些眼淚代表的意義。

「蓮……我是來……告訴你答案的……」

光是喜歡上一個人，就會不由自主地流淚。

「嗯，告訴我吧。」

為了掩飾眼角閃動的淚光，我緊緊擁住花子顫抖的身體。

無論連上哪個網站，即使透過社群軟體，也無法在4.7吋的畫面感受到這種觸感，這種溫暖只存在於現實世界裡。

「我……一直……很想見你。一直很想知道……你說話的聲音、笑容的弧度。你傳來的訊息是我的生命線……是黑夜中的光輝。」

我細細品味花子哽咽著說出口的一字一句，懷裡是她溫暖的體溫。

「……或許我……對你還一無所知……可是……自從初次交換訊息的那個晚上……我……我就……比世界上的任何人……都更……更喜歡你。」

花子以顫抖的聲音說完這段話，羞澀地咬緊下唇，然後彷彿甩開了什麼東西一般，含羞帶怯地笑了。

我從未看過花子這種表情，不由得心旌盪漾，淚水不知怎地奪眶而出。從出生至今，這時我才明白原來光是喜歡的人也喜歡自己，世界就會變得如此美麗、心情就會變得如此快樂。

「謝謝你……我很高興。我想……我對花子也還一無所知。可是……我也比世界上的任何人都更喜歡花子。」

不需要見過全世界的人，一定也能說出這句話。

一生中只是擦身而過、只是在社群網站上萍水相逢、這輩子都不會遇見的人多如恆河沙數。

可是我和花子相遇了，而且還奇蹟似地互相喜歡，這一定不是自己所能決定的命運──。

在那之後，我們搭乘五路公車前往哲學之道。

「哇……好壯觀！」

花子看到染成粉紅色的小溪，大聲歡呼。

「蓮，好美啊！」

花子開心地說著，彷彿是第一次來到這裡。

「實現了呢。」

我點了點頭。

「嗯？」

花子不解地反問，她應該是忘了吧。

「你不是寫在短箋上嗎？說明年還要一起來賞櫻。」

那一瞬間，從花子眼眶落下了一滴淚。

「怎麼了……？」

我忍不住擔心地衝到她身邊。

「沒什麼，好像有沙子跑進眼睛裡。」

花子緩緩搖頭，從薄荷綠的斜背包拿出白色蕾絲手帕，按住眼角。那條手帕很有女人味，不是她以前用的那條。

「沒事吧？」

「嗯，沒事。」

花子微笑，慎重其事地收起手帕。

「那個，我可以牽你的手嗎……？」

這是我第二次問這個問題，花子依舊唰地漲紅了臉。

「嗯，可以……」

花子低眉斂眼地點頭，看起來相當害羞的樣子。

我輕輕地握住花子的手，彼此的指尖都傳來悸動不已的脈動。

另一個生日禮物要什麼時候給她呢？那是一條有花朵造型墜飾的項鍊，我覺得很適合花子，她會喜歡嗎？

我一邊思索著、一邊走在盛開的櫻花下。

「對了……我們玩過水占卜呢。」

花子小小聲地說。

這麼說來，花子當時把水占卜的籤紙帶回家了。

「上頭寫了什麼？」

好像在回顧過去一樣，感覺真令人懷念。

「我想想……上面寫要我加油。」

花子半開玩笑地回答，不知怎地又笑著流下了淚水。

這時就像有人剛好經過似地吹起一陣風，正迎向死亡的櫻花飄落在我倆之間。

我輕輕地用掌心接住從眼前飄下的一片花瓣。

心形的櫻花花瓣，彷彿在為即將展開的故事獻上祝福。

尾聲 Epilogue

四月一日。
這是我第一次見到蓮的日子。
三月三十一日。
這是蓮第一次見到花子的日子。

花子在約好的三小時前醒來。
手裡拿著我寫上訊息的水占卜籤紙，下樓梳洗。
洗好臉、刷完牙之後，她用剪刀稍微修整一下瀏海。
然後塞住洗臉槽的排水孔，裝滿一盆冷水，放下了籤紙。
黑色的墨水一點一滴地滲透出來，籤紙的中央浮現出「大吉」二字。
為了不讓文字因為乾掉而消失，乾脆今天一整天都泡在水裡。
花子的心情更加愉悅，跑上自己位於二樓的房間。
她大大地深呼吸，打開了衣櫥的門。
裡面所掛著的，是我買給花子的各種款式衣服。
花子把手伸進衣櫥，好似一見鍾情地選了充滿春天氣息的白色洋裝。

那一瞬間，我感動到全身發抖。

因為那件洋裝是專為這一天的到來所買下的新衣，一次都沒穿過。

花子有如破繭而出的彩蝶，脫下那套已經穿得很破舊的運動服，換上洋裝，陶醉在新衣服的觸感裡。花子早忘了光是穿上漂亮的衣服，就能讓心情如此神采飛揚的魔力。

『光是穿上漂亮的洋裝就能變成故事裡的主角。』

這是母親的口頭禪。

接著花子從書桌抽屜裡拿出化妝包，以公主般的心情將 JILLSTRART 的化妝品塗抹在白皙的臉上。

我和花子一起檢視鏡子裡的自己，覺得好欣慰。鏡子裡呈現出幾乎可以說是每天練習化妝後所收穫的成果。

花子梳順拜認真護髮所賜、如今已然變得輕柔飄逸的頭髮，接著站在衣櫥內側的全身鏡前。

握在她右手的，是一支魔法棒。

花子凝望映照在鏡中的自己，仔細地將櫻花色的唇蜜擦在嘴唇上。

「呼。」

完成了。與蓮見面的準備大功告成。

花子長長地吐出一口大氣，似是要掩飾愈來愈大聲的心跳聲。

花子一直認為自己是個不起眼、俗不可耐、如同幽靈一般的人。自己不應該存在於這個世界上，也沒有人會喜歡上自己。

可是鏡子裡的花子已經變成蓮一定會愛上的女孩。

最後，花子從衣櫥裡拿出全新的銀色包鞋。

那是一雙象徵著新的故事即將展開的鞋子。

「穿上講究的鞋，鞋子就會帶你到講究的地方喔。」

花子還記得少女時期曾經在超愛看的少女漫畫裡看過這句令人印象深刻的台詞。

她把手機、錢包、手帕和唇蜜放進充滿光澤的薄荷綠斜背包，掛在肩上，走出房間。

然後腳步輕快地跑下樓。

「我出門了。」

花子朝客廳裡喊了一聲。在那個瞬間，母親以為是「我」，所以還愣了一下。

但是看到花子充滿期待與不安的表情，立刻瞭然於心。

母親笑著對花子說：「去迎向新的一天吧。」聲線微微顫抖。

我知道，學生時代的花子勉為其難地強迫自己去上學的時候，母親每天早上都會對她說這句話。

「那個，媽……」

「什麼事？」

花子該不會想向母親打聽我的事吧？想到這裡，也讓我有些緊張。

「……爸爸為什麼要為我取名為花子？」

問得小心翼翼。花子大概也不知該如何開口，但也或許一開始就打算問這個問題。

「因為他覺得花子出生的時候，就像是花朵綻放了一樣。」

這是第一次聽到關於父親的事情，一陣暖流緩緩地流過花子內心。

這一年來，蓮一直喊著這個名字，花子終於也愛上自己的名字了。

花子靜靜地深呼吸。

「還有啊……如果你不反對的話，我想再考一次大學……我想多方面學習，希望自己有天也能寫下故事……事到如今，是不是已經太遲了……？」

花子充滿歉意地望著母親。這個念頭或許一直存在於我不知道的意識裡。

「不會太遲喔，媽媽也贊成。加油吧，花子，一切都可以重新開始。」

母親笑著回答，沒有半點責怪花子的意思，反而如釋重負地喝下一口手中的咖啡歐蕾。

「媽……謝謝你。」

花子輕輕地低頭道謝。

十一點。花子穿著簇新的銀色包鞋，站在洋溢著春天氣息的玄關。大小剛剛好，一看就知道是為自己所準備好的鞋子。

花子推開門。她已經不是躲在家裡的幽靈，而是一個楚楚可憐的純情少女。

太陽的光輝灑落在視野之中。

「嗯——」

花子發出不成語句的聲音。

並不是從 4.7 吋的畫面，而是相隔四年親眼看到的外面景色，實在是耀眼得不得了，有如這輩子初次見到的風景。

＊

花子踩著不習慣的高跟鞋，一階一階地爬上京都車站的大樓梯。

之所以不選擇搭手扶梯，大概是需要時間做心理準備。

她調整著呼吸，一步一步地向蓮靠近。儘管如此，緊張、不安以及期待依舊撞擊著花子的心臟，幾乎令她喘不過氣來。

花子走到了如夢境般遙不可及的大樓梯頂端。

視線前方，有個男生坐在大鐘前——。

啊，是蓮。蓮依照約定來這裡等待了。他來見花子了。

記憶湧上心頭。與蓮去過的地方、說過的話，全都清清楚楚地記在心頭。

蓮尚未發現花子到了。

花子帶著持續躍動的心跳，懷著有如戀愛電影女主角般的心情，一步步前進。

最後，她悄悄地站到蓮的正前方。

蓮正在看手機，螢幕上是flower story的畫面，蓮的花店裡有許多珍貴的花。或許他正一面玩著遊戲、一面等待花子上線。

這時，蓮突然意識到面前站了一個人。

銀色包鞋此時此刻應該正落在蓮的視線範圍內。

這是蓮為花子挑選的鞋子，是為了讓花子成為故事主人翁的鞋子。

看到那雙原本是花子為朋友選的鞋子，蓮肯定一頭霧水，只見他戰戰兢兢地抬起頭來。

那一瞬間——花子第一次看到蓮的面容。

現實中的蓮比花子想像中的蓮更帥氣百倍——花子的少女情懷不受控制地膨脹起來。

「那個……請問……你是蓮嗎？我……我是……花子。」

天吶，世上竟有如此巧合的事——還是該說是命中註定呢？這句話跟我第一次對蓮說的幾乎一模一樣。

蓮大概以為是什麼精心設計的演出，噗哧一笑地對花子說：

「對，你好，我是蓮。」

花子果然也喜歡蓮雪融般的笑臉。

「你果然是蓮……太好了……能見到你……能見到你……真是……」

花子的聲音顫抖得像是隨時都要哭出來那樣。蓮肯定以為花子只是太喘了。因為對蓮來說，花子並不是第一次見到他。

「嗯，謝謝你來赴約。因為你的帳號消失了，我還以為被你討厭了呢。」

「啊，抱歉……我不小心……刪掉了。」

花子支支吾吾地說，對情急之下脫口而出的謊言有點抱歉，但有時實話還是不說的好。

「是嗎，那就好……因為連訊息畫面都消失了，早知道就先存下來，因為我也很喜歡花子傳給我的訊息。」

蓮腼覥地笑著說。

心情百轉千折，雖然淚水還掛在眼角，但花子也跟著笑了起來。

花子已經好幾年沒這樣笑過了。我很喜歡花子的笑容，希望花子能永遠保持笑容。之所以這麼盼望，大概是因為我自己就是花子。

「不過，我知道你一定會來赴約。」

蓮這句話讓花子心裡小鹿亂撞，就連我也跟著臉紅心跳到幾近心痛的地步。

「……花子，過來坐我旁邊。」

蓮第一次面向現實中的花子，喊了她的名字。

光是這樣，就足以讓花子更喜歡自己的名字。

待花子在他身旁坐下，蓮開始述說自己的過往。

那些花子所不知道的辛酸過往，令她淚盈於睫。

或許蓮一直很孤單、一直很希望有人能毫無保留地愛著他。

終於在深不見底的黑暗中看到一縷光輝——找到了花子。

「所以我也想對你說。花子——生日快樂，感謝你誕生到這個世界上，感謝你能與我相遇。」

我也跟蓮有相同的想法。

花子，感謝你誕生到這個世界上、感謝你創造我出來、感謝你讓我遇見你、感謝你讓我遇見蓮。

「翻開來看看。」

蓮將那本對花子而言意義重大的《花物語》遞向她。
花子接過來，小心翼翼地翻開。
那一瞬間，我和花子同時倒抽了一口氣。
因為在第一頁上頭，有井浦老師的簽名。

『將這個故事獻給花子——井浦創』

蓮是怎麼弄到這麼特別的禮物？
「這個……你是怎麼……」
花子不可置信地問。
「因為……這一定是花子命中註定的書。」
這是什麼意思呢？
「命中註定……？」
花子不解地側著頭。
「花子，你以前問過我相不相信命運對吧？其實我從來沒有思考過命運這檔事。因為我以前沒喜歡過任何人，要是真有所謂的命運，我的命運肯定很悲慘。但是花子讓我知道，命運是很閃亮的東西。我內心深處一直有想死的念頭，可是遇見花子之後，我開始想努力、開始想活下去。所以……我認為我的命運就是要和花子相遇。」

蓮的一字一句無不刺中花子和我的心。

不是透過訊息，蓮的聲音、蓮所說的話，潤澤了花子的一切。

「嗯，謝謝……我也這麼認為。我也覺得……能與蓮相遇是命中註定。」

花子搜索枯腸地拚命說著，淚水順著臉頰滑落。

不過，那或許是我所流下的眼淚也說不定。

「蓮……我是來……告訴你答案的……」

啊，關鍵時刻就要來臨了。

「嗯，告訴我吧。」

蓮緊緊地將花子顫抖的身體擁入懷中。

蓮不認識我，也不知道我的存在。

但蓮知道花子的優點、知道花子的可愛之處，知道很多很多。

「我……一直……很想見你。一直很想知道……你說話的聲音、笑容的弧度。你傳來的訊息是我的生命線……是黑夜中的光輝。」

花子，加油喔。

就算消失，我也會待在你的身邊。

我會永遠活在花子的體內。

因為把我創造出來的，就是花子啊。

「……或許我……對你還一無所知……可是……自從初次交換訊息的那個晚上……我……我就……比世界上的任何人……都更……更喜歡你。」

花子——開始揮灑吧。

這是由花子寫下、獻給花子的花物語。

TITLE

這是花子獻給花子的花物語

STAFF

出版	瑞昇文化事業股份有限公司
作者	木爾チレン
繪師	中村佑介
譯者	緋華璃
總編輯	郭湘齡
責任編輯	徐承義
文字編輯	蕭妤秦
美術編輯	許菩真
排版	許菩真
製版	明宏彩色照相製版有限公司
印刷	桂林彩色印刷股份有限公司
	紘億彩色印刷有限公司
法律顧問	立勤國際法律事務所　黃沛聲律師
戶名	瑞昇文化事業股份有限公司
劃撥帳號	19598343
地址	新北市中和區景平路464巷2弄1-4號
電話	(02)2945-3191
傳真	(02)2945-3190
網址	www.rising-books.com.tw
Mail	deepblue@rising-books.com.tw
初版日期	2020年3月
定價	350元

ORIGINAL JAPANESE EDITION STAFF

装画	中村佑介
デザイン	網野幹也（トウジュウロウ　デザイン）
本文DTP	造事務所

國家圖書館出版品預行編目資料

這是花子獻給花子的花物語 / 木爾チレン作；緋華璃譯. -- 初版. -- 新北市：瑞昇文化, 2020.03
336面；12.8 X 18.8公分
譯自：これは花子による花子の為の花物語
ISBN 978-986-401-406-4(平裝)

861.57　　109002739

讀小說
Reading Novel